新典社選書104

後水尾院時代の和歌

高梨素子著

新典社

目　次

はじめに

この書を手に取った人の中には、後水尾院とはだれなのかと疑問に思われる人もいるであろう。序文を書く機会を与えられたので、そのことを書いてゆこう。

徳川家康、豊臣秀頼は歴史上有名であるが、元和元年（一六一五）両者が対決し、豊臣家が敗れた大阪夏の陣の時の天皇の名は有名ではない。それが後水尾天皇である。

後水尾天皇は後陽成帝の子で、慶長十六年（一六一一）に十六歳で即位し、寛永六年（一六二九）まで十九年間の治世の後、譲位して上皇となり、また慶安四年（一六五一）には出家して法皇となり、延宝八年（一六八〇）に八十五歳で崩御するまで院政を敷いた。江戸時代初期の平和で豊かな時代を幕府とともに築いた天皇である。

和歌が上手で古今伝受を叔父にあたる八条宮（後に桂宮）智仁親王から受け、歌学的権威の頂点に立った方である。

天皇の朝廷では和歌会が頻繁に開催され、着到歌、歌合などの催事が復興され、和歌文学が花開いた時期である。

慶長十六年（一六一一）に即位したことは天皇にとって一つの偶然であったが、慶長十九年の大阪冬の陣の時は、勅使三条西実条などを遣わして講和を図るなどの治世者としての努力をしている。

徳川が覇権を掌握してからは、公家が政治に関わることを抑止した「禁中ならびに公家諸法度」を受け入れ、禁中で文化的な事柄に目を向けさせた御学問講を開き、元和六年（一六二〇）には徳川秀忠の娘和子を女御として入内させた。

寛永三年（一六二六）には徳川二代将軍秀忠・三代将軍家光が上洛し、二条城に滞在。そこへ後水尾天皇や中宮となった和子が行幸し、三日間にわたって和歌の御会ほか宴会が開かれるのである。江戸時代三百年の平和の時代の基礎が築かれたといってよいだろう。

天皇は慶長期、元和初年ころには、聯句や連歌の作品を残しているが、元和八年から禁中御学問講の歌会に集中され、三条西実条、烏丸光広、中院通村の三人をそれぞれ師匠とする会に出席して歌道に励まれ、寛永二年に智仁親王より古今伝受を相伝するに至った。譲位後の寛永八年からは仙洞聖廟法楽詩歌御会を舞台に漢詩の勉強に励んだ。

後水尾院の時代は多くの歌会の記録が残されており、そこから歌集の『後水尾院御集』が編まれた。生前の成立で自撰であろうといわれる（『後水尾院御集』鈴木解説）。また、現在『続々群書類従』に漢詩集が残るが、これは寛永八年から十一年にわたる聖廟法楽詩歌御会での作品を中心に後人によりまとめられたものである。

『和歌類題集』という辞典のような書物も上皇の主導でやがて編纂されるのであるが、宮廷の和歌を継承する公家達の歌学の書も出版されてゆく。寛文元年（一六六一）版行の烏丸光広『耳底記』が早い例で、広く流布したと考えられる。『耳底記』は、烏丸光広が、当時において唯一人の古今伝受継承者と考えられた武家の細川幽斎のもとに歌道を学び聞書した書である。烏丸光広は天皇の和歌の師匠の一人であり、その死後、孫の資慶は後水尾院の愛弟子となった。

寛永十六年、天皇は後陽成帝時代の歌合を復活し、寛永三十六番歌合を行ったが、その内容も寛永十八年には版行されている。

寛永二十年、明正天皇が譲位し、弟の後光明天皇が十歳で即位する。明正天皇は女帝であったためか、禁中御会に出席せず御製を残していないが、後光明天皇は寛永二十一年の正月御会始から出席し御製を残している。明正天皇の在位期間中は、禁中での御会は開催されてはいたが、中心となる人の不在で低調であったと思われ、一方、仙洞御所での後水尾院の盛んな和歌活動が宮廷の和歌を牽引していたといえると思う。

八年後の慶安四年（一六五一）には院は五十六歳で出家して円浄法皇となった。このころより、院は歌道継承者の育成を本気で考えるようになったと思われる。翌慶安五年より、仙洞で中院通村指導による月次稽古御会を開かせたのである。自分が一番信頼していたと思われる師による十名の公家に対する歌道訓練である。ところが通村は翌承応二年（一六五三）には病で急死してしまう。院は間をおかず歌人達同志で意見を言い合う毀誉褒貶《きよほうへん》和歌会に切り替えて切磋琢磨させた。

院の希望としては、皇嗣への古今伝受の継承があったはずだが、後光明天皇は和歌より漢詩を好んだと伝えられており、稽古御会のメンバーには入っていない。そして承応三年に二十一歳で病気で急死する。この時、十八歳で後を継いだ弟の後西天皇は和歌を好み、毀誉褒貶和歌会に参加していた。

院は、明暦三年（一六五七）六十二歳で、そのように育てた人達の中において比較的年長であった堯然法親王、道晃法親王、岩倉具起、飛鳥井雅章の四名に、古今伝受を相伝した。

さらに若い人達の歌道を育てるために院は自ら指導を始める。万治二年（一六五九）から寛文二年（一六六二）の『万治御点』は、法皇による廷臣の和歌訓練であり、写本が多く残る。

また烏丸資慶の仲介で肥後宇土の大名細川行孝とその夫人の歌を添削して教えた資料も細川文庫蔵『葵花集』などに残る。

院は、寛文四年に古今伝受の二度めの相伝を行うことになった。前年の寛文三年に霊元天皇に譲位していた後西上皇の強い要望が院を動かしたのである。

この年後西上皇は二十八歳で、三十歳を過ぎてから道晃法親王により古今伝受を伝えさせるからと、院は何度か要望を断ったが、智仁親王二十三歳、烏丸光広二十五歳という先例を持ち出して願った所、聞き入れられた（『古今伝受御日記』）。はじめ三十歳未満は憚られるとしていたのは、院自身の受けた年齢が三十歳であったからだろうと思われる。

二度めの相伝は、後西天皇のほか、烏丸資慶、日野弘資、中院通茂の四名が対象で、院の高齢を考慮して簡略化されて行われた。これらの明暦・寛文の講義の記録は『古今集聞書』や『伊勢物語聞書』として残っている。

後水尾院は修学院離宮を設計建築されたことでも知られている。万治二年の第一次完成を祝って、公家八名、五山僧八名で綴った詩歌『修学八景』が、寛文九年には版行されている。宮廷で行われた詩歌が、程へぬうちに地下人の鑑賞可能になっていたのである。

現在まで活字化されていない写本のままの資料も少なくないが、天皇の和歌の活動は多くの資料が残されており、辿ることができる。文化的に豊かな発信力があって、公家ならびに武家の和歌世界をも拡げたことが読み取れる。

なぜ筆者が後水尾院のことを書くのかと思われる方もいるであろう。筆者は藤原定家の『毎月抄』など、主に中世の和歌を研究していたが、近世和歌を研究する勉強会に入って、烏丸光広という公家と出会った。光広は、幼少時代はいわゆる出来の悪い少年で廃嫡されそうになった人である。寺に預けられてそこの僧侶に、学問への目を開かれた。元服して宮中に出仕するようになってからも、当時聯句御会が開かれていたのに反発し、衰退している歌道を盛り返すためにと、武家の細川幽斎に弟子入りした。人柄から来る多くの大変面白いエピソードを持つ人で、豪放磊落、機転が効き、歌もうまく、人を引きつける力がある。人間的魅力があって光広を慕う弟子は多かった。筆者は、光広をきっかけに近世和歌の世界に入り、その後、後水尾院の古今伝受について、その講義の聞書である『古今集聞書』(道晃法親王著)を翻刻することとなり、後水尾院に関わり、その歌道の師匠であった光広、実条、通村を調べることとなったのである。

この時代の和歌の面白さは、後水尾院が和歌を大切にし、伝統的な試みを復活し、継承する営みを行ったこと、そして育てた弟子達が歌会での実績を積み上げ歌道に上達し、多くの歌論書歌学書を残して、自分たちの和歌について、またしきたりについても発言していることにあろう。和歌に関わる多くのエピソードがあり、そこに近世和歌がある。研究者にとっては、多くの資料が残されていることが心強い。

時代に対しはっきりとした歌道の主張があり、それが透明性を持って社会に提示されているのではないだろうか。

院の教えを受けた烏丸資慶の『烏丸亜相口伝』には、朝廷和歌の大切なこととして、①読み手に歌意がよく通じるように詠め、②歌が優美であるか劣っているか吟味せよ、③伸びた句だけでもせわしい句だけでも悪い、バランスを取って詠むことと説かれている。後水尾天皇の指導を受けたこの時代の朝廷和歌のあり方であり、それが地下人の和歌に影響を与えていったことは紛れもないことと考えられる。本書では、この時代の院を中心とした和歌の様々な事象について、詠まれている和歌を紹介することを念頭において記した。

第1節　天皇の即位

後水尾天皇は京都の人は「ごみのお」と呼ぶが、人名辞典などでは「ごみずのお」と読みを記している。江戸時代初期の天皇である。徳川家康が慶長五年（一六〇〇）に関ヶ原の戦いで勝利を占め、同八年に江戸幕府を開いてから江戸時代が始まったのだが、後水尾天皇は同十六年に、十六歳で後陽成天皇の後を継いで皇位に就かれた。幕府の公家諸法度の影響もあり、宮廷で学問講を催し、とくに和歌は熱心に学ばれて、寛永二年（一六二五）叔父にあたる智仁《としひと》親王より、古今伝受を受けている。この古今伝受については後の回（第7節）に記す。寛永六年明正天皇に譲位して後は上皇として、八十五歳で亡くなるまでの間を、宮廷の和歌会を主導し、和歌その他の指導書を著し、歌の詠み方の手本となる『類題和歌集』の編纂、元和勅版と呼ばれる出版物の刊行、また和歌的な風雅を籠めた修学院離宮の造営もあり、和歌を中心としてこの時代の文化を牽引し大きな足跡を残した。後水尾院と呼ぶ場合は天皇が上皇となり、出家して法皇となってからの時代をも含むので、本書はこの表題とした。

天皇は慶長十六年四月十二日に即位し、初めての宮廷歌会が五月十三日に行われたが、その時の詠進歌は次のようであった。

まず歌題は「寄道祝世」である。宮廷での歌会を御会（古くは「ごかい」と呼ばれたようで『国書総目録』でも書名に関してこの読みであるが、現在では「ぎょかい」とも呼ぶ）というが、御会での歌題は大体漢文体の表記である。「道に寄せて世を祝う」と訓読できる。天皇の歌は次の通りである。

素直なる世に立ちかえり今もまたなお正しかれ敷島の道

この歌の「素直なる世」は、神世のことと思われる。『古今集』の序に「神世には歌の文字も定まらず素直にして」の文言がある。飾り気なくありのままな時代を意味する。また敷島は日本を意味し、「敷島の道」とは日本古来の道のことで、とりもなおさず和歌の道を意味する。和歌の起源は古事記にあるイザナギ・イザナミの二神が夫婦の神となられた時の唱和にあるとされる。またスサノオノミコトが出雲国に宮作りして妻を迎えようとして「八雲立つ出雲八重垣妻ごめに八重垣作るその八重垣を」（訳、立ち上るみごとな八色の雲のような垣を、妻をこもらせるため、この出雲に幾重にも廻らそうよ。その垣を）と詠んだ歌が五・七・五・七・七として完成した和歌の始めとされる。後水尾院の歌は「神世のような時代に立ち返って、その時のように今も正しくあってほしい。和歌の道よ」という意味である。天皇や公家などの宮廷人にとっては和歌は基礎的な教養であり、幼少時代から作歌を学んでいた。若く素直な感じのする、正統で気魄のある歌と思われる。

この時約四十名の家臣が歌を提出したが、臣下筆頭であった前関白近衛信尹《のぶただ》は

仰ぐかな三種《みくさ》受け継ぎ国民《くにたみ》の五つの常の道守る世を

と詠んだ。「仰ぎ申し上げます、三種の神器を受け継いで即位され、国民が仁・義・礼・智・信の五常の教え（儒教で人の常に守るべき五つの道徳）を守る世を守護する新天皇の治世を」の意味であり、新しい天皇を讃える内容の歌である。この歌では、「道」は五常の道で、基本的には道をどのように詠んでも良かった。和歌の歌題なので「道」を「敷島の道」と取ることが多く、大半の公家がそのように詠んでいる。天皇もまた「敷島の道」として詠んだ。

第2節　慶長千首和歌

　後水尾院は慶長十六年（一六一一）四月に後陽成天皇の譲位を受けて天皇となった。まだ十六歳であったが、十歳の時にはすでに、宮中での大きな和歌御会に歌を詠進している。それは慶長十年千首和歌であった。参加者の一人西洞院時慶の『時慶卿記』によると、九月十六日の朝寅刻（午前四時）から亥刻（午後十時）にかけて三十六人の指定された参加者が宮中に集まり、千首の歌をその場で詠んだものである。歌題は、春・秋・恋・雑は各二百題、夏・冬百題の計千題である。短冊の頭部に歌題を記し、そこを折って隠したものが、六つの硯蓋へ盛られてあり、歌人はそれを各硯蓋より一枚ずつ、始めに六題分探り取って自席に戻り、歌を作って記し、書き終わったら提出して、また新たな題をもらってくる。いわゆる探題《さぐりだい》の方式である。

　この膨大な歌題は鎌倉時代の藤原為家が出題して詠んだ「中院亭千首《なかのいんてい》」と呼ばれる歌題である。それをこの時代に歌道師範の家柄であった飛鳥井家の雅庸《まさつね》と冷泉家の為満が天皇の命により書いて用意したのである。

　最多の詠者は後陽成天皇で五十七首であった。そして天皇は全体の巻頭歌にあたる春第一首目を詠んでいる。

立春朝

さほ姫の霞の衣立ちかへる春とはしるき朝ぼらけかな

さほ姫は奈良の佐保山に住む春の女神という。訳はさほ姫が着用する春の象徴である霞の衣がひるがえり春が立ち帰ってくることがはっきり分かる朝であるよ、であろう。「立ちかへる」に衣が翻る意味と、再び春が立ち帰るの意味上の掛詞を詠んだ。

身分の低い若い公家たちでも十六首を詠んでいる。その中で当時茶地丸と呼ばれていた十歳の親王は、十八歳の中院通村に次いで、特に年齢が若かったためであろう、三首を詠進した。特別に歌題を前もって示されていたかもしれない。今それを抜き出すと、

子日祝

引かぬより千歳の影のみゆるかな子の日の野辺の松の緑に

（訳、正月子の日の行事として小松を引き抜いて、我が家の庭に植えるのだが、まだ引き抜かないうちから、それを植えた先で千年の生命を長らえている姿が見えるなあ。子の日の野辺の松の緑の色には）

『新古今集』にある藤原俊成の歌に、滋賀の浜松の年老いた姿をみて、昔子の日にだれが引

き植えた松だろうと思う歌があり、視点としてはちょうど逆であり、引き抜いて植えないうちから将来を予測して、松の千歳の長寿を祝う気持ちが表現される。

暁月

立ちまよふ霧は嵐の空に消えて暁近く月は残れり

（訳、空に立ち迷っていた霧が嵐模様の空から無くなり消えてしまって、暁近く月が空に残っているのが見える）

「霧はあらじ」と「嵐の空」との「あらし」の語の掛詞を使用し、夜半の頃の嵐の空と、暁の晴れた空を対比するのが面白い。

寄島恋

朝なゆふな忘られやらぬ俤《おもかげ》に蓬が島も遠からぬかな

（訳、朝に夕に忘れることができないが、逢うことができない恋人の俤の存在の遠さに比べれば、中国の伝説で仙人が住む島とされる蓬莱山も遠くはないことだ）

恋しいが逢うことができない、その意味で遠い存在である恋人。その遠さは蓬が島だとて比較にならないくらいだ、というのであろう。少し無茶な比較が少年らしいといえるかもしれない。文学的な想像の世界を展開している。

第3節　中院通村による添削

若き天皇には和歌を指導する人がいた。公家の中院通村《なかのいんみちむら》は、天皇より八歳年上で、『源氏物語』の注釈書『岷江入楚《みんごうにっそ》』をまとめた中院通勝《みちかつ》の息子である。慶長十九年（一六一四）一月の通村の日記によると、天皇からお召しがあって御所に参上すると天皇の御歌の談合（相談のこと）であった。通村は固辞するが許されず、意見を申し上げ、結局の所、添削を命じられた。「歌道の幸運であり天皇の尊意に感謝する。一つには悦びであり、一つには畏《おそ》れを感じる」と感想を記している。前年十一月以前、長老である前関白近衛信尹が存命の頃も相談があったと書いているので、その頃は主に信尹が天皇の相談に預かっていたことを類推させる。この時の具体的な添削の内容は残らない。しかし、通村の日記の元和二年（一六一六）二月に天皇からの勅書と通村の回答が載り、添削の実例があるので、それを見てみよう。

早春風

今朝よりはかすむ水無瀬の山風の心のどけき春もしられて

（訳、今朝からは春となり霞んだ水無瀬の山の風が吹いて、心のどかな春も知られる）

とある原作を、通村は「山風の」から「山風に」としてはどうかと直した。山風が心のどかであるように擬人法にも受け取れるものが、こう添削することで、山風によって作者の心がのどかなのだとはっきりしてくる。

また第二案として、

かすむなり今朝は水無瀬の山風ののどけき春も空に知られて

（訳、霞んだことだ。今朝は水無瀬の山風がのどかに吹く春が来たことが空全体の様子で知られる）

とし、さらに傍記により、

かすみけり今朝は水無瀬の山風のさらにのどけき春を知らせて

（訳、霞んだなあ。今朝は水無瀬の山風がさらにのどかな春を知らせて吹くよ）

と直した。直すほどに良くなり、最後の形では、風が春を知らせる動きが出ており、「早春風」という題意に適っている。一案と二案の良い方を天皇に選択させた。たぶん二案を選んだと思われるが、この時の御会資料が無いため不明。この元和二年（一六一六）は四月に徳川家康が薨去したためか、天皇の内裏御会の歌を収録した『内裏御会和歌』には正月御会始の他は収録されていない。

さて、この時天皇は二首の歌を送ってよこした。当時歌を師に見せる場合、「かえ歌」（『義正聞書』中の表現）といって、予備にもう一首の歌を添えるのが普通であったのである。師は良い方を選んで歌の頭に合点を付けて返す。こういう形の懐紙などが現存している。

さて、天皇の第二歌は、

来る春の朝風さむみ包むにも霞の袖にあまりてぞ吹く

（訳、訪れた春の朝風が寒いので、それを包もうにも、霞が広げる袖には余るくらいに一杯に風が吹くよ）

この歌に対する批評は結句の「余りてぞ吹く」が「少し弱き様に存じ候（すこし弱い表現に感じられる）」であり、歌題の「風」を「春風」として結句に持って行くことを示した。また、春風を「風がまだ寒いので」などと詠んではいけないとした。

和歌では霞は春、霧は秋の現象として詠み分けられている。そして霞の衣は霞でできた衣であり、霞の袖という表現もそこからできた。通村には春の寒さを強調せず、のどけさを主張するようにとする意識がくみ取れるように思う。

第4節　元和の御学問講

慶長二十年（一六一五）五月大阪夏の陣によって豊臣氏が滅ぼされた後、七月に徳川幕府から禁中ならびに公家諸法度十七ケ条が示された。これは天皇と公家の守るべき法を定めたものであり、彼らの関心を政治から離して学芸分野に向けさせるものだったといわれる。徳川幕府が編纂した記録『徳川実紀』によると、家康と将軍秀忠は二条城に公家達を集めて饗応を行い、武家伝奏《ぶけてんそう》二名を召して十七ケ条を授けた。武家伝奏とは武家からの申請を天皇に取り次ぐ役である。伝奏の一人大納言広橋兼勝が文面を読み上げ、関白二条昭実以下の公家たちに聞かせた。その文に「天子御芸能の事、第一御学問也」とあり、「和歌は光孝天皇よりいまだ絶えず、綺語《きご》たりといえども我が国習俗なり。棄て置くべからず」などとあった。「和歌が綺語であるとしても、光孝天皇より今に至るまで絶えない我が国の習俗であり学習しないではいけない」の意味である。綺語とは①仏教の語で真実にそむいて巧みに飾り立てた言葉②巧みに飾って美しく表現した言葉をいう。古く鎌倉時代の藤原俊成著『古来風体抄』に「これ（和歌）は浮言《ふげん》綺語の戯《たわぶ》れには似たれども」と書かれるのを引用した表現である。

実は幕府の意向を受けて慶長二十年二月よりすでに宮中での御学問講《ごがくもんこう》が開始していた。その内容は御手習い（書道）、当座和歌、御楽（音楽）、御連歌であった。

同年二月九日の御稽古当座歌会の記録が残る。当座というのは当日その場で短冊に書いた題を引いて、その題を詠むもので、前もって歌題が示される兼日《けんじつ》とは歌会形式が別のものである。春の「霞中滝」から雑の「神祇」まで組まれた三十題を、天皇の他十七人の公家が一人一～三題で詠んでいる。天皇は次の三首を詠んだ。

霞中滝

みよしのや霞吹きとく山風に砕けて落つる滝の白玉

（訳、み吉野の霞を吹いて払う山風によって砕けて落ちる滝の白い水玉よ）

歌題は霞がかかっている滝のこと。山風が吹くことで風景をぼんやりとさせていた霞が吹き払われ、その風によって強く砕け散る滝の白い水玉がはっきり見えるのである。

梅薫枕

梅が香の友となるより敷妙《しきたへ》の独りの夜半《よは》の枕ともなき

（訳、梅が咲いて梅の香りが友となってからは、独りで夜更けの枕に寝るとも言えなくなった）

敷妙は「枕」の枕詞で訳さない。歌題は庭の梅が寝室に匂ってきて枕に薫るということ。

「梅薫枕」の歌題は室町時代の歌題集成書『明題和歌集』には見えず、近世の『類題和歌集』には載る題である。袖に梅の香りが付いてそれを枕とするいう読み方はされるが、梅の香りが友となるという趣向は珍しい。

炭竈《すみがま》

里人の道たゆるまでふる雪に煙みじかき小野の炭竈

（訳、里人の道が絶えてしまうまで降る雪に、炭焼きの仕事も控えたのか立つ煙が短い小野の炭竈であるよ）

歌題は炭焼きが山中に炭作りのために作る竈のことである。炭竈に立つ煙が短いという読み方は珍しい。天皇が新しい工夫をもって歌を詠もうとしたことがうかがえる。御学問講と呼ばれた公家達の勉強会が発足し、天皇はここでの学習を経て、十年後の寛永二年（一六二五）に古今伝受（古くは『古今集』の秘伝を弟子に伝えることを相伝と言い、師から受けることを伝受という。後世権威が生じてからは、この区別をされずに総称して古今伝授と書かれた〈第7節参照〉）を受けた。

第5節　父帝への追悼

前節に述べた宮中の御学問講は慶長二十年（一六一五、七月に元和に改元）に始まったが、翌年四月には徳川家康が病死したため、元和二年（一六一六）は正月の御会始よりあとに歌会は開かれていない。元和三年には歌会が開かれるようになったが、九月に天皇の父後陽成上皇が腫れ物の病気で四十七歳で亡くなり、また服喪の年となった。上皇は弟智仁親王に帝位を譲りたい気持ちがあって長男次男を僧侶にしたが結局望みは叶わず、家康の後押しもあって三男である政仁《ことひと》親王が帝位につき後水尾天皇となった。そのため上皇と天皇の中は不和であったという（『後水尾院』）。しかし上皇崩御の時に天皇が作った追悼歌の中には父を失った悲しみの念が窺える。天皇は二十二歳であった。次のような長い詞書を付した八首を残す。

「九月の末に思いがけず服喪のための仮御所に移ることになったので、（父の死は）ただ夢のようだがさめることもなく悲しいにつけて仏を念じていました時に、「諸法実相《しょほうじっそう》」ということを歌の第一字に置いて詠み、少しばかり愁嘆の思いを述べます」とある。

歌の第一字めを横に連ねて八首で「しよほうじつそう」と読むもので、この技法は鎌倉時代の藤原定家などからあるが、近世初期の公家の歌では追悼歌に用いることが多い。歌の第一字めを冠《かぶり》字、最後の字を沓《くつ》字というので、後世には「かぶり歌」とも呼ばれている。詠み込まれた「諸法実相」は仏教の言葉で「一切存在のありのままの真実の姿」の意である。第一首めは「し」で始まる歌で、

白雲のまがふばかりを形見にて煙の末も見ぬぞ悲しき

（訳、白雲が火葬の煙と見間違えるばかりに浮かぶのを父の形見として、煙のたなびく末を見ることもなく父にもう会うこともないのが悲しい）

後陽成上皇は火葬であったという。一般に高貴な身分の天皇は火葬の場には立ち合わないものと思われる。下句はそれを悲しむとともに、父が死んで再び会えないことを悲しむ意味を掛けていると思われる。また第五首め「し」から始まる歌に、

知らざりきさらぬ別れの習ひにもかかる歎きを昨日今日とは

（訳、知らなかったことだ。避けられない別れが世の習いであるとしても、このように深い歎きがあり、それが昨日今日というような間近に訪れようとは）

『伊勢物語』最終段の主人公の辞世に「つひに行く道とはかねて聞きしかど昨日今日とは思はざりしを」（訳、死はだれもが最後は行く道であるとあらかじめ聞いていたけれど、昨日今日に来る

りであろう。

とは思わなかったのに）とある。この有名な歌から「昨日今日とは」という言葉を取った本歌取

また第八首めは「う」から始まり、

受け継ぎし身の愚かさになにの道も廃《すた》れ行くべき我が世をぞ思ふ

（訳、帝位を受け継いだ我が身の愚かさによって何の道も勢いが衰えて行く我が治世を悲しく思う）

帝王の歌としては驚くほど謙虚で素直な歌であろう。天皇は兄二人を差し置いて帝位に就いたことを気にかけており、昔兄を差し置いて帝位についた清和天皇（死後の称号である諡号《しごう》を「水尾」という）の名から「後水尾」という諡号を自ら付けたという（『後水尾院』）。十六歳で帝位についてわずか六年、大阪冬・夏の陣という天下の大乱を抑えられず（天皇は冬の陣の時には徳川の陣に勅使を遣わして東西の仲介の労を執ったのだが）、権力を握った幕府の圧迫を押し返すことはできず、今父の帝に先立たれた心細さを示した歌と思われる。

第6節　中院通村の『源氏物語』講義

後水尾院の歌道の師に中院通村がいる（第3節参照）。

通村の父中院通勝は中納言であった二十五歳のとき、勅勘を受け、都を出奔し丹後国の領主細川幽斎《ほそかわゆうさい》の城に身を寄せた。六年後の天正十四年（一五八六）に三十一歳で出家し素然と名乗った。その二年後に通村が出生している。通村の母は一色左京大夫義次女《むすめ》と記されており、父親の身分が低いためであろう、幽斎の養女となっての結婚であった。通勝は幽斎の要請のもと『源氏物語』の注釈書を集大成し『岷江入楚《みんごうにっそ》』という書を編んだ。慶長四年（一五九九）に後陽成天皇の許しを得て都に戻り出家の身のまま宮廷歌壇で和歌を指導している。

通村は十二歳であったが、父と共に都に来て叙位を受けて宮廷に出仕するようになり、慶長六年七夕御会に初めて歌を詠進した。父に『源氏物語』の知識を教えられていたので、慶長十五年通勝が死去した後は『源氏物語』の講義を求められるようになった。元和元年（一六一五）大阪夏の陣のあと京都に滞在していた徳川家康に二条城に呼ばれて「初音」の巻を講義した。六月二十日の通村の日記に「初音についていては時間がないので文字読み（朗読）だけするつもりでいた所、思いがけず講義をすることとなったが随分忘れていた。しかし少々意味を申し上げたらお褒めがあった。身の幸運としてこれ以上のことはあるまい」などと記載がある。
また同じ頃から後水尾院の母、中和門院（近衛前子）に『源氏物語』を講義した。源氏五十四帖が元和八年に終了した（『中院通村家集』）。四月二十二日、「夢浮橋」の講義が終わったあとで、参加者が歌を詠んだ。中和門院は、

飽かなくもさらに見果てぬ心地して名残を思ふ夢の浮き橋

（訳、聞き飽きることなく、まだ見終えていない気持ちがして名残り多い夢の浮き橋です）

通村の返歌は、

うち渡す夢の浮き橋今日はなお嬉しき瀬にも懸けてけるかな

（訳、対岸に渡らせるための夢の浮き橋を今日は一層嬉しい河の瀬に懸けたことです）

後水尾院の弟で近衛家の養子となった左大臣近衛信尋《このえのぶひろ》公の歌に、

ひとたびはうち渡りてもおぼつかな猶しるべせよ夢の浮き橋

（訳、一度は読み終わりましたがはっきりしていません。また夢の浮き橋を渡る道案内をしてください）

通村の返歌は、

しるべせしおぼつかなさも中々に人はたどらぬ夢の浮き橋

（訳、道案内をしたけれど、はっきりしないで気がかりなことも中途半端に残って、容易に人がたどって探り求めることのない夢の浮き橋です）

阿野中納言実顕卿の歌に、

受け継ぎて猶そこひ無き源を更に汲み知る人の賢さ

（訳、受け継いでもなお奥底が知られない源泉をさらに汲んで悟るあなたの賢さよ）

通村の返歌は、

くみしらぬ心よりこそ絶えず行く山下水も浅く見ゆらめ

（訳、源泉を汲んで悟ることができない心から、きっと絶えず流れる麓の水も浅いように見え軽く考えるのでしょう。私など充分汲み知ったとはいえません）

通村の歌には謙虚な人柄が表れている。このような歌の贈答は優雅で、我々現代人の心をときめかせるものではないだろうか。なお、後水尾院は女院御所でのこの講義には不在であったが、後に宮中で通村から講義を聴いている。『源氏物語』への当時の人々の関心の高さを物語るエピソードでもあろう。

第7節　古今伝受の権威化

古今伝受は『古今集』の歌について講義し難解な語句を教えるものであるが、東常縁《とうつねより》が連歌師宗祇《そうぎ》に教えたのが儀式的な古今伝受の始まりだといわれる。東常縁は美濃の武将であったが、歌人でもあり、八代前の先祖が藤原為家の弟子より『古今集』の秘伝を受けそれを伝えていたという。宗祇は二期にわたって講義を受けそれを『古今集両度聞書』という書にまとめている。

この『古今集両度聞書』を見ると、たとえば三番歌「春霞立てるやいづこみ吉野の吉野の山に雪はふりつつ」の作者「よみ人しらず」について、次のように説明している。「あるいは勅勘（天皇のおとがめを受けること）の人、あるいは高貴な身分の人、或いは古い世の人、または実際に名をしらないのでこのように書く事もあるだろう。しかし、この歌の作者については口伝がある。これは作者が勅勘の時の歌である。勅勘の人でありながら三番めに入れられたことは、一方では『古今集』編者紀貫之の公平性を示す意味でその名誉であり、作品評価が正直だということとなのだ」。

その後、細川幽斎が三条西実枝《さねき》の『古今集』講義を書き留めた『伝心抄』には『貫之カ女、掌子内侍カ歌也。此時ニ此人勅勘也」と記し、明暦三年（一六五七）の後水尾院講釈聞書にもこの説を踏習する。もちろん歌の意味についても解説されるが、長くなるので省く。

宗祇は学んだことを公家の近衛尚通と三条西実隆と連歌師肖柏に相伝し、それぞれが弟子に伝えて伝受の三つの流派が生まれたといわれる。このうちの一つ、三条西実隆は子の公条《きんえだ》に伝え、それは孫の実枝に伝わり、実枝の子三条西公国が幼少であったために武将の細川幽斎に伝わることとなった。実枝は公国が成長ののち、必ず幽斎から公国に相伝すること（世に「返し伝受」といわれる）を条件に、幽斎に教えたのだという。幽斎は天正七年（一五七九）に実枝が没したのち、公国に相伝している。

古今伝受の名を有名にして権威を持たせる事件が生じたのはその後であった。天正十五年に公国は三十二歳で早世してしまう。幽斎は慶長五年（一六〇〇）智仁親王に相伝を開始し講義が始まるが、大半を終えた所で徳川家康と石田三成との戦いが始まり、東軍の幽斎は五月丹後田辺城に帰って戦うことになる。息子の忠興は関東に出兵しており、幽斎はひとり石田三成の軍に囲まれて戦うが苦境となった。慶長五年七月末智仁親王は幽斎を心配して使者をよこし開城させようとするが、幽斎はそれを辞退し死を覚悟して品々を使者に持たせて帰す。後陽成天皇へは『二十一代集』を、智仁親王へは古今相伝箱と伝受証明状と歌と『源氏物語』の注釈書

であった。この時智仁親王へ贈った歌は、

いにしえも今も変わらぬ世の中に心の種を残す言の葉

（訳、昔も今も変わらない世の中に人の心の種を残し伝える和歌です……受け継いだことを大切に守って下さい）

である。智仁親王への講義は完全には終わっていなかったので、古今伝受の継承者は幽斎一人といえた。九月初めに後陽成天皇が幽斎を救うべく勅使を派遣し、西軍の囲みが解かれ幽斎は命を永らえた。戦局は九月十五日に関ヶ原の戦いで東軍が勝ったのだが、このことがなければ、わずかな時間差で死ぬ所であった。幽斎から古今伝受を継承した智仁親王は、寛永二年（一六二五）に後水尾天皇に相伝し、御所に伝わって御所伝受が始まる。後水尾院は明暦三年、寛文四年（一六六四）の二度、古今伝受を伝えた。古今伝受は権威を生じ、「(師が) 伝え、(弟子) が受ける」ものでなく、「(師が) 伝え授ける」古今伝授という表記をされるようになる。

なお、細川幽斎は、早世した三条西公国の子実條に慶長九年（一六〇四）ふたたび返し伝受を行って約定を守った。

第8節　烏丸光広と細川幽斎

後水尾院初期歌壇において重要な歌人に烏丸光広《からすまるみつひろ》がいる。この姓は京都では「からすま」と呼ばれるようだが、辞書などでは「からすまる」としているのでそれに従う。孫の資慶が著した『黄葉集』跋文によると、光広は、少年期には子供っぽい遊びを好み勉強が苦手で一時は父から嫡子としての立場を追われ廃嫡されようとしたのだが、日蓮宗の京都本満寺の僧侶に学問の目を開かれ、その指導を受けて立ち直った。成長して歌道を志し、慶長三年（一五九八）二十歳の時には、当時古今伝受をただ一人受け継いでいた細川幽斎に弟子入りした。幽斎は出家し隠居の身で、六十五歳だった。光広はのち慶長八年に幽斎から古今伝受を受けることになるが、その修業時代に幽斎から受けた歌道の教えを記した聞書が残っている。『耳底記《にていき》』という。慶長三年八月から足かけ五年にわたる記録である。当時幽斎は京都で、現在京都大学のある吉田の地に居を定めていた。光広はしばしばその地を訪れ面談し歌道の教えを受け、宮中御会への詠進歌を見せて添削してもらった。

慶長五年三月二十三日の条に次のような添削例が示されており、修行時代を知り得るものと

して興味深い。御会に提出する歌を見てもらっているのだが、「山花」（山の花）という歌題に、はじめ光広の歌は、

一枝もよしゆるさずは咲く花の道しるべせよ春の山守り

（訳、一枝を折ることも万一許さないのならば、春の山守りは咲く花の道案内の役を務めて下さい）

であった。桜の名所では観客が枝を折って荒らすことがないように、番人がいて折らせなかった。これを春の山守りと呼んで歌ったものである。これについて、幽斎は「一枝も許さずとても咲く花の道しるべせよ春の山守り」と直した。傍線部が添削箇所であって、上句が「一枝も折ることを許さないとしても」というように直され、若者の少し攻撃的な表現が穏当なものとなり、大人の見方が指導されている。

こののち、戦争の機運が高まり、幽斎は丹後の田辺城に帰る。同年七月に石田三成の軍勢に囲まれ籠城を余儀なくされ死を覚悟した。七月末に弟子である智仁親王が心配して使者を丹後へ遣わしたので、それに託して親王へ古今伝受証明状と古今伝受箱と歌を送ったが、このとき烏丸光広に対しても草子箱と歌を送っている。光広の家集『黄葉集』によると、その歌は次のようである。

もしほ草かき集めたる跡とめて昔に返せ和歌の浦浪

（訳、書き集めた和歌の筆跡を留めて昔の平和な和歌の時代に返してください。和歌を守護する玉津嶋神社のある和歌の浦の波よ）

慶長五年（一六〇〇）九月初めに後陽成天皇から救命の勅使が遣わされ敵の攻撃が止まり、九月十五日の関ヶ原の戦いで三成の西軍が敗北した。

光広は師の生還を信じて箱の封をほどかないで待っており次の歌を添えて箱を返した。

開けて見ぬ甲斐もありけり玉手箱再び返す浦島の波

（訳、玉手箱を開けないで待っていた甲斐がありました。開けないまま浦島の波に乗せてお返しします）

これに対して幽斎は次の歌を返した。

浦島や光を添えて玉手箱開けてだに見ず返す波かな

（訳、信頼という心の光を添えて玉手箱を開けてさえ見ないで返す浦島の波があるのですね）

光広は正四位下蔵人頭と高い身分の公家であり、幽斎は従四位下侍従と身分の低い武将であったが、若い光広の師に寄せる信頼と熱情を感じさせるエピソードである。

なお、光広が田辺城への使者の一員であったという説があるがこれは真実ではない（『後水尾院初期歌壇の歌人の研究』）。

第9節　烏丸光広の『耳底記』

細川幽斎が関ヶ原の戦いで九死に一生を得て後、烏丸光広にふたたび歌道を教え始めた記事が、光広の『耳底記《にじ》』に見られる。慶長五年十月二十日後陽成天皇宮中で当座百首の催しがあった。当座とは、兼題とは異なり、歌会当日にその場で歌題を示されるもので、この場合百首の組題（四季・恋・雑の歌題を組み合わせたもの）が前もって用意され、約三十人の公家が数題ずつ詠んだ。短冊の上端に歌題が書かれ折られて隠されているものを選んできて、その歌題の歌をその場で詠むのである。探題《さぐりだい》の方式といわれる。

現代の私たちからはむずかしい方式のように思われるが、当時、禁中の月次《つきなみ》（月例のこと）歌会では二ヶ月に一度はこの方式であった。『耳底記』には光広の歌の批評はあって歌は載らないが、この十月二十日の御会資料が『公宴続歌《こうえんつぎうた》』に残り、都鄙歳暮の歌題が一致する。この時、光広が詠んだのは、以下三首である。

嶋夏草《しまのなつくさ》

夕露にむすぶばかりに夏草の野島の波ぞかけて涼しき

（訳、夕方の露が置いたと思われるばかりに、生い茂った野島岬の夏草の上に、波がかかって、涼しげな様子だ）

都鄙歳暮《とひのせいぼ》

あまざかる鄙《ひな》も隔てじ暮れてゆく年は都に惜しむ心も

（訳、都から遠く離れた田舎でも隔てはないだろう。暮れて行く年を都で惜しんでいるこの歳暮の心というものは。田舎も都も同様に年が行くのを惜しんでいることだ）

寄枕恋（枕に寄せる恋）

よしさらば知るも厭はじ我が思ふ人に心をつげの小枕

（訳、いいさ、秘密を漏らすことを嫌がるまい。私が好きなあの人に私の恋心をつげてもいいよ、つげ製の枕よ。つげは植物の黄楊で枕の素材。「つげ」の語に「告げる」の掛詞がある）

『耳底記』十一月二十九日条によると、この日幽斎が光広邸を訪問したので、十月二十日の御会で詠んだこの三首を見せた所、光広の歌が一段進歩して感じられると褒められた。「まへのは、そこもとがかすかにあると見えたり。今こそがたくたと石にて手をつめるごとくにある」（訳、以前の歌はあなたがかすかに表れている感じだった。今こそ、ガタクタと石でしっかりと内部を満たすように歌の中に作者自身が感じられる）と言われた。現代の作歌においても通じる興味深い批評であろうと思われる。

なお、嶋夏草、都鄙歳暮、寄枕恋などのように二つ以上の事物や概念を結合させた題を結び題といい難題である。歳暮（年の暮れ）は長治年間（一一〇四～六）の堀川院御時百首の頃からあるが、都鄙（都と田舎）という場所を組み合わせて複雑なものとしている。

室町時代成立の、歌題別に例歌をあげた『明題和歌全集』には「都鄙歳暮」の題は収録されていない。寛永末年（一六四四）頃後水尾院が編纂（和歌文学大辞典）、元禄十六年（一七〇三）刊行の『類題和歌集』にはこの題があがり、後柏原院（一四六四～一五二六）の歌、

かはらぬや都の外のすまゐにも春のとなりの事繁き世は

（訳、変わらないことだなぁ。都の外の田舎の住まいにても。春の隣である年の暮れの忙しい世間の様子は）

など三首を作例とする。おもに近世以降に詠まれた歌題であろう。『耳底記』で幽斎は光広の歌について「まづ端の歌面白きなり。都鄙の歳暮むつかしき題なり。九重の外などよみても都鄙になるべし。昔のにはさやうによみたるもあるなり」とする。都と田舎の二つの年の暮れの様子を詠み込まなければならず難しいのだが、光広の歌は褒められた。

第10節　院と一絲文守

後水尾院は十三歳年下の臨済宗の僧侶一絲文守《いっしもんじゅ》に仏道の教えを受けた。文守は公家の岩倉氏の出身で、沢庵和尚を追慕してその弟子となった人である。院は弟の近衛信尋が沢庵と交流があった関係で文守を知り、寛永八年（一六〇三）文守二十四歳の頃から帰依した。文守は寛永十一年、丹波国の桐江庵に住んだ。寛永十七年に院の招きを受けた時、七言絶句の漢詩十篇を院に送り辞退したが、その第一篇は次のようなものであった。

憶昔誅茅空翠間（訳、茅などの雑草を退治し、翠滴る聖地を作り出した昔を想う）
随縁幾度入人寰（縁によっていくたびか俗世間に入る）
而今悔識聖天子（今後、悔いるのは聖天子を識って）
減却生前一味閑（生前ひたすら閑かなるを減却することだ）

聖天子は後水尾院のこと。天子の招きにより閑かな修行の場を離れ俗世間に赴くことを悔いると痛烈に歌っている。この詩の真意は院の帰依を受けて慢心することへの自戒であろう。十篇の漢詩に対して院は十首の和歌で返歌した。漢詩の七言絶句の最終文字「閑」と同じ文字を和歌末に詠み込む、いわゆる和韻の歌である。

うらやまし思ひ入りけん山よりも深き心の奥の閑けさ

（訳、羨ましいことだ。あなたが修行のために入った深い山寺よりも、もっと深いあなたの心の奥にある閑かな世界を思いやると）

このような漢詩と和歌の応酬は当時の風習であった。

文守は寛永二十年近江永源寺に移り住み、正保元年（一六四四）院は父後陽成院遺愛の硯を文守に贈った。

「硯の命は世代の数でもって数えるとか言う。人間の世がこれほど短いのに取り替えたいものだ。亡くなった父後陽成院が常に御手を触れたものと思うと、崩御の後は、自分の座右に置いて、朝夕使い慣らして、いつのまにか二十七年が経った。今は手放そうと永源寺の住職に譲り与えて、永源寺の什物（寺の道具）としようと思う。寺に置いてしぜんと経文、陀羅尼などの書写の功績を積めば、仏門には入り悟りの境地に入る縁を結ぶことにならないことがあろうかと思うので」という長い詞書で、次の歌を詠んだ。

海はあれど君が御影を見る目なき硯の水のあはれ悲しさ

（訳、硯には海が付いているが、そこに海藻のみるめは生えていない。亡父後陽成院を見るすべも

ない。硯の水はあわれで悲しい）

この歌は『古今集』恋二、紀友則の「しきたへの枕の下に海はあれど人をみるめは生ひずぞありける」（小学館旧全集本の訳、あまり泣いたので枕の下に涙の海ができてしまった。しかし、みるめが生えていないので、あの人を見る機会はなさそうだ）の歌から「海はあれど」と「みるめ（海松布）」の語を取って用いた本歌取りの歌である。また、もう一首は

我が後は硯の箱のふたよまで取り伝へてし形見ともみよ

（訳、私が死んだ後は硯の箱の蓋まで、父後陽成院と私との二代を伝える形見と見て下さい）

「ふた」に蓋と二との二つの意味を掛け、掛詞としている。この硯をもらって二年後の正保三年（一六四六）に、文守は三十八歳で早世し、その後、朝廷から「仏頂《ぶっちょう》国師」という称号を贈られた。

第11節　年中行事的御会

後水尾天皇は、後陽成天皇の譲位に伴って慶長十六年（一六一一）四月、十六歳で即位した。そして、寛永六年（一六二九）徳川秀忠の娘の和子との間に出来た皇女（明正天皇）に譲位して退位された。十九年の在位時代の宮中で、どのような歌会が行われていたのだろうか。

まず年中行事としての大きな歌会では、正月に和歌御会始が行われた。現代の歌会始に継承されるものである。現代の歌会始が皇族の他、応募して選ばれた一般歌人の歌を披露するのとは違って、宮中で行われる歌会であるから、六位の蔵人《くらうど》以上の公家達で行われた。後水尾天皇の時代には大体正月十九日に行われている。しかし、御代始《みよはじめ》（天皇が代替わりして初めての歌会始）は、即位が四月であったため五月に行われた。その時の歌の詠進者は四十一名であった。

天皇は元和八年（一六二二）ころより歌道をとくに熱心に勉強され、三条西実条・烏丸光広・中院通村の三人を師とする歌会を組織して、歌の実力を上げて、寛永二年叔父にあたる智仁親王より、古今伝受を相伝された。寛永二年・寛永五年には御会始の参加者が五十四名となり、天皇が和歌に熱心であったことで、公家達の間でも歌道が盛んになったことを反映している。

ついで、七月七日の七夕御会、九月九日の重陽御会が、同規模の御会として知られる。これらの歌会の開催の前には、前もって一首の歌題が主に歌道家の人によって選定され、和歌奉行によって、公家、親王、法親王などの参加者に通知された。公家たちは大体二首の歌を詠み、それぞれ師に見せて秀歌の方の歌頭に合点《がってん》を付けてもらい、選ばれた歌を懐紙に清書して詠進したのである。

師は飛鳥井家（雅庸・雅胤）、冷泉家（為満・為頼）など歌道家の人、当時歌壇で指導的立場にあった三条西実条・烏丸光広・中院通村などがその役割を勤めたと考えられる。

当日は講師《こうじ》・読師《とくじ》・講頌《こうしょう》などによる披講《ひこう》が行われた。読師は懐紙の順番を整え、講師は題と歌を読み上げ、発声が第一句を歌い上げ、講頌が唱和して節《ふし》をつけて歌い上げる。これは現在の歌会始でも継承され、担当者が礼服姿で行っている。

また、観月御会が八月十五日、九月十三日などに行われた年もあり、これは歌会の性格としては年中行事といえるが、歌会形式が異なる。漢詩作者の僧侶などが参加して、漢詩と和歌で二十題を詠み合う詩歌二十首である。

古今伝受を受けた寛永二年（一六二五）の正月御会始の天皇の歌を見てみよう。歌題「水石契久」（水石《すいせき》契り久し）は河などにある石に久しさを見る、めでたい題である。中世の歌題集成

『明題和歌全集』になく、近世の『類題和歌集』には見られる新しい題である。歌は

天《あめ》の下芽ぐむ心もゆく水の盛るてふ石をためしにやせむ

(訳、この世の中で芽ばえた心も、流れる水がさざれ石から大きな巌を作りあげるという故事を先例として、大きく育てよう)

この歌の内容は『古今集』の賀歌「わが君は千代に八千代にさざれ石の巌《いはほ》となりて苔のむすまで」(訳、あなた様の齢は千年も八千年も続いてほしい。小石が寄りあつまって大きな岩となり苔が生えるまで)を下敷きにしている。古今歌は中国の説話を元にする。のちに第一句が「君が代は」と変わり現在の国歌となった。寛永二年の歌は、題詠ではあるが、歌道に希望を抱いた天皇の明るい気持ちが示された歌となっている。

第12節　宮中の月次御会

慶長十六年（一六一一）から寛永六年（一六二九）の後水尾天皇在位時代に宮中でどういう歌会が開かれていたかを前節で取り上げた。正月の御会始、七月の七夕御会、九月の重陽《ちょうよう》御会などの年中行事的な御会である。

本節では、月次《つきなみ》御会と言って毎月開かれる月例の御会について紹介したい。これは月ごとに、おもに詠三首和歌と詠百首組題《くみだい》（詠五十首・詠三十首などの場合もあった）が交互に詠まれている。詠三首和歌は三題の歌題が前もって示されており（兼日題という）、歌を詠み懐紙に清書して歌会当日までに提出する。詠百首組題は百題の組題があらかじめ準備され、短冊に書かれ折って隠されており、それを当日その場で探り取って、詠むものである（当座探題という）。参加者が五十名もいれば各人二首程度となる。

身分の高い者、熟練者は多数詠み、未熟な者は一首作成することもあって融通性があり、また題が難しいなどで詠作が進まず全体として百首に達せず題だけが残される場合もあった。この二つの詠作法は基本的なやり方であり、これを交互に行うことで、歌を詠む技術の研鑽を積んだのである。

後水尾天皇は慶長十六年四月に即位し、御会始は五月十三日で、翌六月月次御会では詠百首が行われ天皇は四首も詠んだ。二首あげると、

見花

ながき日のくるゝぞをしきよしの山咲きも残らぬ花にむかへば

（訳、長い春の日が暮れるのが惜しい。吉野山で散ってしまう花に向き合う時は）

翫花（花を翫《もてあそ》ぶ）

ちらぬまのはなにめでなんながき日の春も限りのなきにしもあらねば

（訳、散らない間の花を鑑賞しよう。長い日の春も限りなく続くというわけではないので）

天皇の歌は「咲きも残らぬ」「春も限りのなきにしもあらず」などに、少し稚拙な感があり修練中と感じさせる。

翌月の七夕御会のあと、七月末には月次御会で詠三首歌会があり三題を詠んだ。

新秋露

風の音に驚かぬ間は来る秋を草木が上の露に見せける

（訳、秋が来たと風の音に驚かされない間は、秋の到来を草木の上に宿る露で知らせることだ）

秋を第一に知らせる風物として歌われるのは、庭の荻に吹く風である。それに気づかない時に秋を知らせるのは草木の上に宿る露だという。やや理屈っぽい歌である。

萩如錦

うちはへて織る錦かと来てみれば小萩むら萩の花野なりけり

（訳、延々と織られた錦かと近寄って来てみると小萩やむら萩の花が咲いた野原でしたよ）

寄月恋（月に寄せる恋）

おほかたの瀬にこそやどれ我袖の涙川には月もなごまず

（訳、月は一般の川瀬に宿るが、恋の涙で濡れている私の袖の川にはなごまず宿らない）

どれも一生懸命に歌の世界を作り上げ詠んでいる初々しい歌といえるのではなかろうか。後年上手になってからの歌よりは、感動がわかりやすい歌に思える。

この他に神社に奉納する法楽歌会が二月、六月に詠まれており、公家は和歌を作ることに忙しかったのである。

第13節　院による歌の添削

後水尾院は、寛永二年（一六二五）に父後陽成天皇の弟宮智仁親王から、当時の歌道の奥義であった古今伝受を受けた。その後立派な歌道指導者として大成され、明暦三年（一六五七）と寛文四年（一六六四）の二回、古今伝受を後西上皇らに相伝した。

後水尾院の添削について知ることができる資料がある。どのような添削を行い、批評をしているかを見ることで、当時の宮廷和歌を窺うことができる。

肥後国宇土三万石の大名であった細川行孝は前権大納言烏丸資慶の歌道の弟子である。烏丸資慶は、後水尾院の若い頃の師であった烏丸光広の孫にあたり、院の弟子として寛文四年の時、古今伝受を受けた（第32節参照）。

細川家と烏丸家は姻戚関係にあり、行孝と資慶は従兄弟になる。行孝は、寛文二〜四年ころ、資慶に弟子入りして、『続耳底記《ぞくじていき》』という歌道聞書を著した。また資慶の仲介により、三十首和歌を二回、後水尾院に見せることができて、合点、添削、批評をいただいた。この資料は行孝編纂の『葵花集《あおいのはなしゅう》』という歌集の中にある。

寛文三年（一六六三）六月十一日付けの資慶の手紙が付いており、院に見て頂いた様子がわかる。

院は歌を見て感心されて、批評の詞や添削を別紙に記され、その紙を資慶に下されて、資慶の手で行孝の提出した詠草に写すように命じたのであった。

三十首の最初の歌は「朝鶯」題で、

朝日影のどけき庭の梅が枝にこゑのにほひをそふる鶯

（訳、朝日の光のもとで、のどかな庭の梅の枝の花の匂いに、声の匂い、すなわち、声のつややかな美しさを添える鶯よ）

これを次のように添削し合点を付けた。

朝日影鳴きてうつろふ鶯の声のにほひをそふる梅が枝

（訳、朝日の光のもとで鳴いて移る鶯の声の匂いに、花の匂いを添える梅の枝よ）

「鶯」と「梅の枝」の位置を変え、初めに鶯が鳴いて移動する姿を読み込み、歌題の「朝鶯」が歌の中心になるように直している。添削によって朝日の中で鳴く鶯の姿が生き生きと浮かびあがった。

言葉の後先を変えて歌題に相応しく直した上で、院は合点を付した。合点とは歌の頭に斜線を付けることをいい、良い歌と認めたことを意味している。
もう一首添削の例をあげよう。「落花」の題に行孝は

重からぬ雪こそつもれ山人《やまびと》の笠もたきぎも花の吹雪に

（訳、重くない雪こそ積もれよ。木こりの笠にも、背負った薪の上にも。花の吹雪によって）

と詠み、院の添削で次のように直され、合点を付された。

山人の笠もたきぎも重からじ花の吹雪の雪は積もれど

（訳、木こりの笠も、背負った薪も重くはあるまいよ。花の吹雪の雪は積もったとしても）

はじめの行孝の歌では、「重からぬ雪」が突飛な表現であり、「はて何だろう」と思わせておいて、真の雪ではなく桜の散り際の花吹雪のことだと謎解きをするような構成である。添削後の「山人の笠もたきぎも重からじ」であれば、それほど突飛な表現ではなく、やはり謎解きであるにしても、下句へのつながりはきわめて自然である。
わずかに言葉を入れ替えることによって、歌が素晴らしくなっていることが、はっきりわかる例ではないだろうか。後水尾院のすぐれた歌人としての力を示すものと思われる。

第14節　細川行孝歌への批評

後水尾院が細川行孝の歌を添削した時の批評の内容を見てみよう。過去の歌の伝統の中で培われてきた歌の詞を大切にしていたことが窺われる。

花盛

いづくにかわきて心をつくば山このものもかのもの花の盛りは

（訳、とりわけて何処に心を付けて筑波山を鑑賞したら良いのだろうか。あちらこちらの花が盛りである頃には）

という行孝の歌に、院の批評は、「心をつくば山、尽くす心か。付くる心いかが」（訳、「心をつくば山」は「尽くす」と掛詞であろうか。「付くる心」を掛詞に用いているのはいかがであろう）とある。「心をつくば山」と詠む場合、「つく」の掛詞は「尽くす」意味である。この歌の場合、「つく」の掛詞が「付ける」意味なので、掛詞「つく」の使い方に問題があるというのである。

つくば山は常陸国の歌枕で歌によく詠まれ「つくば山」と「心を尽くす」の掛詞で用いられる（『歌枕歌ことば辞典』）。『信明集』の「年をへて君に思ひをつくば山峰を雲居に思ひやるかな」

（訳、長年あなたに思いを尽くしてきました。筑波山の峰のように高い宮中のあなたを思いやることです）が有名である。

一方で、筑波山は『古今集』東歌の「筑波嶺《つくばね》のこのもかのもに蔭はあれど君が御蔭《みかげ》にます蔭はなし」（訳、筑波嶺のこちら側にもあちら側にも、木陰はたくさんあるが、あなた様の御蔭を蒙るほど安心できる蔭はありません）が有名であり、行孝は「このもかのも」（こちら側とあちら側）の語をこの歌から取ったのである。しかし「つく」を伝統にない「付く」の意味に用いていることを批判された。また、

七夕

彦星のいかに契りて末の松こゆる時なき天の河波

（訳、彦星はどのような約束事によって、あの末の松山を天の河の波が越えるというような愛の裏切りの時が無くて済んでいるのか）

と詠んだが、「末の松山、天の河に取り合わせにくく候はんか」（訳、末の松山は天の河に取り合わせにくいでしょうか、この取り合わせはよくありません）と批評された。

末の松山は陸奥の歌枕で、『古今集』東歌「君をおきてあだし心をわが持たば末の松山波も越えなむ」（訳、あなたをさしおいて、他の人に心を移すようなことを私がしたら、あの末の松山を波

が越えるというような、あり得ないことが起こるでしょう。だからそのようなことはありません）の歌で有名である。

この歌は庶民の男女が裏切らないことを誓った歌で、末の松山はその誓いの証しである。一方、天の河は、牽牛・織女の二星が一年に一度逢瀬を持つという、永遠に続く神聖な愛を意味する。この二つを簡単に組み合わせてはいけないというのであろう。

待花

春の日もいとゞながらの山桜つれなきはなの色を待つころ

（訳、春の日もたいそう長く感じられる長等山で、なかなか咲かない無情な山桜の花の色を待つころです）

院の批評は「一首の体、待花の歌にあらず候歟」（訳、この歌の姿は「花を待つ」という歌題にふさわしくないか）とある。春の日の長閑さを歌う歌い出しは、桜の開花を待つあせるような気持ちとはそぐわないであろう。その点を批判されたと思われる。「桜花咲かばまづ見んと思ふ間に日数経にけり春の山里」（『古今集』）などの「待花」の歌と較べてみてほしい。

第15節　宮廷和歌の心得 ―― 烏丸資慶の歌論書より ――

後水尾院は、古今伝受を二回伝えている。古今伝受とは、『古今集』の歌の難解な所を教えるものであるが、この時代には歌道の秘儀を伝えるものと考えられた。

後水尾院から古今伝受を相伝した一人に権大納言烏丸資慶がいる。細川幽斎の弟子であった烏丸光広の孫にあたるが、十七歳の時に祖父光広と父光賢を相次いで失い、その後の歌道の教育を後水尾院に受けた。

資慶は多くの歌論書や聞書を残している。『烏丸亜相口伝』（埼玉大学蔵本）はある人の望みで和歌の詠み方を書き送ったものという。寛文初め（一六六一年）ごろ肥後宇土（熊本）の大名細川行孝に贈られたと考えられる。その中に宮廷和歌の大事な教えが記述されている。

第一よくきこゆるやうに詠ずる事、第一に候。きこえず候へば、稽古あがり可申様無之候。思ひよりたる心を明かにきこえてよろしきやうにと詠ずる時、さやうに詠《えい》成就仕《つかまつり》にくく候。その所にむかひて、工夫稽古を加へて、鍛錬の功をなし候へば、一きはあがり申事に候。

（訳、第一に、よく歌意が相手にわかるように詠むことが大切です。読者によく伝わるように歌えないと、稽古して腕前が上達する道もありません。こう詠もうと思う作者の心がはっきりと相手に理解されて宜しいように詠もうとする時、そのように詠むことは成功しがたいものです。その難しい点に向けて工夫と稽古を加え、鍛錬の功績を積めば、腕前が一段と上がることでしょう）

「さやうに詠成就仕にくく候」の部分が、日本歌学大系六の翻刻（『資慶卿口伝』）においては「左様に詠成就仕候べく候」（訳、そのように詠むことが成功します）とあり、意味がほぼ逆になる。それでも下に続きはするが、意味は前者が良く、又「仕にくく候」とする諸本が多い。「仕にくく候」が本来の形であるかと思われる。

第一に歌の意味が読者にわかるように詠むことを教えている。凝った難しい言い回しで飾りすぎたわかりにくい歌を禁じるのだろう。いかにわかりやすく詠むかという点に工夫と稽古を重ねて上手くなるという。

第二、よく聞こえて後、この心よきか悪《あ》しきか、優美なるか卑劣なるかと吟味することに候（略）。

（訳、第二に、意味がよく通じるように歌が詠めてから、作意が良いか悪いか、歌が優美であるか賤しく劣っているかを吟味することが大事です）

第二に作意が良いものか、優美であるかを大事にするように教える。当時は庶民や公家の間に俳諧の連歌が流行っていたが、連歌的な卑俗な言葉や発想が和歌では戒められた。

第三、句の吟味に候。のびたる句ばかりつづけたるは、詠しほなく長くなり候。せはしなき句のつゞきたる歌は、くだけてせはしく候（略）。

（訳、第三に、句のできばえを吟味することが大切です。伸びた句ばかり続けているのは、歌に良い潮時がなくて、ただ長くなります。忙しい句が続く歌は、歌がバラバラになり余裕がない歌となります）

第三に要点を引き伸ばしたような句ばかり続けると歌が締まりのない長々としたものになること、反対に多くの言葉を忙しく詰め込むとまとまりのない歌になることを戒めている。

資慶はこの三つの大事な点を心にかけて朝夕稽古をするように、そうすれば今より一段と上手になるであろうと教え、またそのあとに、「珍しき希逸体の事、面白きなどと心に懸く事、とかくあるまじき事にて候」（珍しくすぐれた姿の歌が面白いなどと心にかけることは、とにかくあってはならない事です）とも教えている。

著作の中でもとくにやさしく書かれて歌道の初心者向けの教えになっている。現在の短歌作者にとっても、役に立つ教えのように思われる。

第16節　寛永三年二条城御会

寛永三年（一六二六）秋、前将軍徳川秀忠と将軍徳川家光が上洛して二条城に滞在し、後水尾天皇、天皇の生母中和門院、中宮和子、姫宮らが二条城に行幸、行啓するという大きな催しがあった。

『寛永三寅九月二条御所行幸記』（国立国会図書館蔵写本）によると、九月六日昼、将軍家光がお迎えのため宮中に参内し、天皇は午後四時頃二条城へ行幸された。この夜のお祝いは、天盃が天皇から下され亥子の刻（午前零時）に及んだ。

翌七日午前中は公家方より捧げ物の披露があり、午後は舞の催しがあった。始めに地下人の舞人が五曲を舞い、次に公卿殿上人が演奏と舞人を勤め、西洞院時良、四辻公理の青海波の舞などがあった。ともに慶長十五年（一六一〇）生まれの十七歳の若い貴族が青海波を舞い、『源氏物語』の光源氏と頭中将のりりしい舞姿を彷彿とさせたことであろう。その後さらに陵王などの雅楽が行われ、終わってから、夜はご馳走が饗応された。

八日の朝は太政大臣秀忠より捧げ物があり、その後天皇は二条城の天守へ登られて洛中をご覧になった。二条城はこの時代には五層の天守があったのだが、約百年後に雷火によって焼失したのである。また、逸馬の足並みをお目にかける催しも行われた。そして夜は和歌御会と管絃の会が開かれた。夜八時頃に和歌の御会が始まり、十一時ころ終わった。その後公家を中心として管絃の遊びが行われ、天皇も琴をお弾きになり、丑の刻（午前二時）ころまで続いた。

和歌御会は、「竹契遐年」（竹は遐年を契る。竹は遠くはるかな年月を約束するの意）という歌題の歌を前もって提出してあり、二十二名分の披講が行われた。役を勤めたのは読師二条内大臣康道、講師冷泉左中将為頼、発声四辻季継などである。天皇の歌のみ七回詠まれ、その時はとくに関白近衛信尋が読師を、烏丸大納言光広が講師をつとめている。徳川秀忠・家光の歌は五回、親王・大臣の歌は三回歌い上げられた。

後水尾天皇の御製は、

もろこしの鳥も住むべく呉竹の直《す》ぐなる世こそ限りしられね

（訳、唐土の鳥も住む呉竹のように、まっすぐで正しい世であれば限りなく平和が続くだろう）

太政大臣、前将軍徳川秀忠の歌は、

呉竹の万代までと契るかな仰ぐに飽かぬ君が行幸《みゆき》を

（訳、限りなく久しく続く世までお約束することです。仰ぎ見て飽きることのない天皇の行幸を）

左大臣、将軍家光の歌は、

行幸するわが大君は千代ふべき千尋の竹をためしとぞ思ふ

（訳、この城に行幸なさった我が天皇は、千代を経るはずの長い竹を前例となさるであろう）

武家方では尾張大納言義直、紀伊大納言頼宣、駿河大納言忠長、水戸中納言頼房が参列し、披講はされなかったが歌を提出した宮廷関係者は七十八名と多数であった。

約十年前の元和元年（一六一五）、大阪夏の陣で徳川家が勝利したことにより戦乱の世が終結したのであり、天皇の歌には、平和が長くつづくことへの祈りが感じられる。

九日は猿楽、能の御見物があり、千歳、観世、今春などによって、翁、道成寺、三輪など九番の演目が演じられた。十日は行成筆『和漢朗詠集』や駿馬などが天皇へ捧げられ、その後天皇はまた天守へ登られ洛中をご覧になったあとで御所へ還幸された。この行幸は公家と武家の和を象徴する出来事となった。

本書のカバーは国立国会図書館蔵『寛永行幸記』（巻物刊本）に描かれた、御所から二条城への行列の一部である。中央の御鳳輦《ごほうれん》には八人の駕輿丁《かよちやう》（貴人の輿《こし》をかく人）に担がれて後水尾天皇が乗る。

第17節　徳川家康への追悼歌

後水尾院は徳川家康に対してどのような想いを抱いていただろうか。院は家康の年忌に追善の歌を詠んでおり、その歌によって想いを知ることができる。徳川家康は大阪夏の陣で豊臣秀頼と淀君を倒して天下の覇権を掌握した翌年、元和二年四月十七日に駿府城において七十五歳で病死した。その後久能山の廟に仮葬され、日光に東照宮が造営された。一年後の元和三年二月勅使が参向して東照大権現の神号を贈り、三月十五日から四月八日にかけて遺骸を収めた柩を久能山から日光へ移送した（『徳川実紀』）。

十三回忌にあたる寛永五年（一六二八）四月、宮廷から「東照宮十三回忌二十八品和歌」が奉納された。これは法華経二十八品の経文句を歌題として、天皇を始め二十八人の親王・公家たちが一首ずつ歌を詠んだものである。この形式の題詠歌は、追善の歌として古くからよく詠まれている。この時の後水尾院の歌は、法華経序品にある「照于東方」（東方を照らす）の句を歌題としたもので、

いちしるし妙なる法《のり》にあふ坂のせきのあなたをてらすひかりは

（訳、明らかだなぁ。すぐれた仏法に逢って逢坂の関のあちら側を照らす光は）

「あふ」に「法にあふ」と「あふ坂の関」の掛詞を用いている。逢坂の関は、江戸に向かう東海道の、京都寄りにある名所歌枕である。「関のあなた」とは東国を示しており、そこを仏の光が明らかに照らしているとして、歌題にかない、しかも東国を治めた家康を讃える歌となっている。

この時に般若心経が奉納されたが、後水尾院はその包み紙に二首の歌を書いて贈った。

ほととぎす鳴くは昔のとばかりや今日の御法を空にそふらし

（訳、ほととぎすが鳴くのは、昔の人が恋しいからだとばかりに、今日の法要に空の上で声を添えているらしい）

この歌は『新古今集』夏のよみ人しらず歌「ほととぎす花橘の香をとめて鳴くは昔の人や恋しき」（訳、ほととぎすよ。花橘の香を求めて鳴いているのは、昔の人が恋しいからであろうか）を本歌とした本歌取りの歌である。また他の一首は、

梓弓《あづさゆみ》八島の波を治めおきて今はたおなじ世を守るらし

（訳、日本の戦乱を治めて、今はまた東照権現という神号の神として、同じく世を守っているらしい）

梓弓は、梓の木で作った丸木の弓であるが、「矢」に掛る枕詞であり、八島の「や」に懸けて枕詞として用いている。

それから二十年後、慶安元年（一六四八）四月の三十三回忌にあたっては、後水尾院は十六首の和歌を竪・横・斜めに組み合わせて、視覚的に読者に訴えかけるように工夫した「ゆふだすき」という技法の歌（「蜘蛛手《くもで》」とも呼ばれている。『後水尾院御集』）を作成し、自ら書いて、三条西宰相実教の手で東照宮に奉納している。十六首のうちの第一首目は、

年を経てうやまひませるしめのうちに詔《みことのり》をば神も聞ききや

（訳、長年人々が敬い申し上げている東照宮という神域で、神となったあなたも、私の歌の言葉を聞いただろうか）

後水尾院は三代将軍家光の時代、徳川幕府が紫衣事件などで朝廷への締め付けを図ったことに反発して退位したと言われるが、乱世を平定した初代将軍家康に対しては好意と敬愛の情を抱いていたように感じられる。

第18節　天皇の譲位と中院通村への歌

後水尾天皇は寛永六年（一六二九）十一月に突然譲位する。その前に背中に腫れ物ができて体調が悪く譲位を希望したが、徳川幕府は跡継ぎの男子がいないことなどを理由に慰留していた。元和六年（一六二〇）六月に徳川秀忠の娘和子が入内して中宮となっていたが、男子の誕生がなかった。

天皇は大納言中院通村らと謀って準備を進め、事情を知らせないまま公家たちを召集し、譲位を宣言してしまった。

細川三斎（元小倉藩主。細川幽斎の子）が当時京都で聞いた噂によると、譲位の理由とされるのは次のようなものであった（『後水尾院』）。

一、経済的逼迫。幕府に経済を握られて、公家たちへ恩賞を与えることもままならない。

二、朝廷が大徳寺などの僧に与えた紫衣《しえ》を着る勅許を、幕府が剝奪したこと。

三、中宮以外の側室の子供はひそかに殺したり流産させたとされること。側室はいたが、寛永六年までの天皇在位中には中宮の子供以外は育っていない。

やむを得ず和子との間に生まれた女一宮（興子内親王）が、翌寛永七年九月十二日に即位し明正天皇となった。

当時、中院通村は幕府との交渉役である武家伝奏でもあったが、幕府から内密に譲位を謀ったことを咎められ、九月十四日に伝奏職を罷免された。寛永八年九年ころは大御所秀忠の病気、薨去などがあり、幕府の統治事業も多々あったため処分が遅くなったらしく、寛永十二年になって三月、通村は江戸へ召され上野寛永寺に幽閉された。

江戸に抑留された通村の元に後水尾院は次のような歌を送っている。『中院通村家集』によると、詞書は「寛永十二年武家勘事《かうじ》（おとがめ）ありて関東にくだりて久しく逗留ありける頃、院より」とあり、

思ふより月日へにけり一日だに見ぬは多くの秋にやはあらぬ

（訳、思ったより月日が経ってしまった。あなたとせめて一日なりと会わないことが、多くの秋に起こらないでほしい）

いかに又秋の夕べを眺むらん憂きは数そふ旅の宿りに

（訳、ただでさえ悲しい秋の夕べを、あなたは又どのように悲しく物思いにふけることだろうか。つらいことが数多く添う旅の宿で）

何事もみな良くなりぬとばかりをこの秋風にはやも告げこせ

（訳、何事もみなよくなったとだけを、この秋風に乗せて早く告げてよこせよ）

通村は、天皇の和歌の師であり、信頼する寵臣であった。処遇が長期化しそうな様子に院も心配していたことが窺える。

十月、通村は天海僧正の仲介で赦免を受け、将軍家光に拝謁して帰洛を許された。通村は次のような歌を手紙の隅に記して院に送った。『中院通村家集』での詞書は「こののち、武家気色よろしくなりて対面ありしよし、注進ありし文のはしに」（訳、こののち幕府の様子が穏やかになり将軍と対面があったことを、天皇に申し上げた手紙の端に）とある。歌は以下のとおり。

春ならぬこのめもうるふむさしの丶末までか丶る露のめぐみに

（訳、春の時期でない木の芽も潤っている。武蔵野の末までかかる露の恵みを受けて）

旅衣立ち帰るべき袖の上にひとつ涙の今日はうれしき

（訳、故里を離れ旅衣のままでいたが、ようやく立ち帰ることができる袖の上に、みなと一緒になって涙が落ちて今日は誠にうれしいことだ）

第19節　中院通村・烏丸光広による院の歌の添削

後水尾天皇は寛永六年（一六二九）十一月に譲位して上皇となった。その翌々年の寛永八年から月一回の聖廟法楽が開かれるようになった。北野天満宮への詩歌の奉納である。在位時代には二月二十五日と六月二十五日の年二回、公家達が各人二首程度詠んで五十首和歌が奉納されていたが、五山の僧や漢詩の詠める土御門泰重などの漢詩作者を加えて詩歌会が行われるようになった。

そして院は漢詩一句と歌一首を提出している。院はこの場において、漢詩を作ることを目的としたと思われるのだが、和歌も決しておろそかにするものではなく、中院通村と烏丸光広に前もって歌を見てもらっている。その資料が宮内庁書陵部に残る（『聖廟御法楽和歌』）。寛永八年九月二十五日の御会は、早春霞から始まる三字題の計五十題が詠まれた。院は「深山鹿」の和歌と、「寒夜月」の漢詩を詠んだ。「深山鹿」の題については次のような五首を詠んで、二人の師に見せた。

鹿ぞ鳴く住むやいかにと問ふ人に深山の里の秋を答えて

（訳、住んでいてどんな秋の様子ですかと尋ねる人に、深山の里の秋の様子を答えて鹿が鳴いている）

己《おの》が上になに世を秋の山深く思ひ入るらむさを鹿の声

（訳、自分の身の上について、どうして世を飽きたのかと、秋の山奥で深く思い入るようなさ牡鹿の声がする）

秋深き深山おろしに誘はれて紅葉に混じるさを鹿の声

（訳、秋が深くなり、山奥から吹き下ろす風にさそわれて、紅葉が散る音がしてそれに混じってさ牡鹿の声が聞こえる）

鹿の音に立ちならびてもかたはらの深山木《みやまぎ》ならぬ秋の色かな

（訳、鹿の声に立ち並んで傍らに見る、深山の木らしからぬ目だって紅葉した秋の色だなあ）

鳴く鹿の声にぞこもる己が住む山より深き秋の哀れは

（訳、鳴く鹿の声にこそ籠もっている、自分が住む山から深くなってゆく秋の哀れさは）

光広は「第一第二の両首にはなくて三首めで『紅葉に混じる鹿の声』の風情が初めてあらわれ、並ぶものなく優れているとお聞きしました」と批評して、詠進歌として第三首めを選んだ。さらに「『深山おろしの誘ひきて』とされてはどうか」と添削して歌の横に書き付けた。深山おろしは深山から吹き下ろす風のことである。深山おろしに「誘われて」と受け身にするのではなく、深山おろしが「誘いに来て」と、深山おろしを擬人化した。

通村も、第三首めを選んでいる。『深山おろし』は、それをよく知らない耳にさえ誠に秀逸の体に聞こえると申し上げてよいと存じます」深山おろしという詞がよくその実態を知らない者にとっても素敵に聞こえると言い、さらに「脇に付した添削は劣っています。紅葉も鹿の声もともに深山おろしにさそわれる心で妥当と存じます」としている。

「深山おろしの誘い来て」という光広の添削を、通村は光広の添削とは知らずに「劣っている」とした。草稿は始めに光広に見せて、その添削を脇に付けたものを、あとから通村に見せたらしい。通村は天皇の第二案と考え否定したのだ。通村は原作のままを良しとしており、これだと、紅葉もさ牡鹿の声も、ともに深山おろしに誘われたことになる。

結局、院は通村の勧めに従い初案のまま御会に提出した。院は一首の提出歌に五首を詠じ、二人の師に見せて選んでもらったわけで、詠歌に対しての強い情熱が感じられる。

第20節　院が烏丸光広に詠ませた狂歌

近世初期には伝統的和歌のほかに狂歌が詠まれ、それは公家の世界においても流行ったようである。寛文六年（一六六六）に大阪で出版された『古今夷曲集《ここんいきょくしゅう》』は狂歌を集めた歌集であるが、その中には、後水尾院に古今伝受を相伝した智仁親王の一首もあり、また公家の中で才気ある歌人として知られる烏丸光広の狂歌九首が載る。狂歌には、掛詞を駆使してのいわゆる言葉遊びと、言葉をもじって使うのは同じだが内容的に高度で、風刺や教訓を持たせたものがある。たとえば、前者の例として、

「夜べ、ばん（鶴）の鳥得させける人のもとへ、朝に申しつかはしける」（訳、昨夜バンの鳥をくれた人の元へ朝言いやりました歌）という詞書の光広の歌は、

やうやうと今朝こそ申せおそなはる昨日のばんのお礼なれども

（訳、やあ、ありがとうと今朝申します。遅くなってしまった昨晩頂いたバンのお礼ですが）

「バン」（鶴・晩）の掛詞がこの歌に当為即妙の笑いを作り出し、その場に合った俗語的な言葉遣いも滑稽さを添えている。

また、後者の例として「塗師《ぬし》」という題で、

色につく人の心の花うるし跡はげやすき物とこそしれ

（訳、色の美しさに引きつけられる人の心は、光沢を出すため油を混ぜた花漆が剝げやすいことをあとから知るのです）

塗師とは、種々の器物に漆を塗る職人のことという。この歌は表面的には、純粋の漆ではなくて混ぜ物をした漆を塗った器の剝げやすさを歌うが、その裏で、見た目の体裁が立派な人間が実は中身に偽りのあることを述べて風刺し、人々に教訓を与えているように思われる。

また後世、地下人の考賀が飛鳥井雅章から歌学などを聞いて記した『尊師聞書』には、院と光広との次のようなエピソードが載る。

後水尾院は御狩の時、諸鳥を捕らせて、御前に実条、通村、光広などがいるのに向けて、この鳥にいろいろな名があるのを早く歌に詠み入れて出した人に、獲物をくださると仰せがあった。そのお言葉の下から光広卿が「出来ました」といって、硯を請い、早くも歌を書き出した。その歌に、

移らばと（鶉《うずら》・鳩）花にむくとり（椋鳥）あをしとど（青鵐）ほあか（頬赤）になりて酒をすすめ（雀）ん

（訳、花が移ろって散るならば、その前にと、花に向かい盃を取り、あちらの人にぴったりくっついて、酔いで頬を赤く染めながら酒を勧めよう）

この歌を出されたので、院は宸筆で紙にお書きになり、獲物の鳥を添えて光広に拝領させた、そこで一座の公卿殿上人におもてなしがあった、とある。その場に若い日の雅章も同席していたと思われる。

これは、掛詞を駆使して物の名を詠み込む狂歌であろう。物の名を歌の中に隠し詠む技法は『古今集』物名部にも見られるが、言葉遊びが優先されて和歌本来の優雅さを失ってくると狂歌になる。この歌の場合、鶉、鳩、椋鳥、青鵐、頬赤、雀の六つの鳥の名前が詠みこまれ、鳥の名を盛り込みすぎて一首としての歌意が曖昧になっている。機知に富み面白くはあるけれど、和歌としての優雅さを失っているのは明らかであろう。

しかし、公家の狂歌は言葉遣いにおいても事柄においても下品にはならず、誹諧師の狂歌とは異なると思われる。

第21節　寛永十六年仙洞歌合

後水尾院は寛永六年（一六二九）に譲位し上皇となり、仙洞御所で和歌に励まれた。寛永八年から約三年和歌と漢詩を作る聖廟法楽歌会を毎月開かれ、寛永十四年には御着到百首の企てを復活され、また、寛永十六年には歌合の試みを復活されたのである。

歌合という試みは天正八年（一五八〇）の天正内裏歌合以来絶えていて、当時の参加者でこの時生存するのは八十八歳の西洞院時慶だけであった。歌合経験者もいない中で、それをあえて復活しようとした後水尾院の歌道に対する熱い気持ちが窺われる。

寛永十六年仙洞歌合は十月五日に仙洞御所で行われた。院のほか八条宮智忠親王、伏見宮貞清親王の宮家二名、曼殊院良恕法親王、妙法院尭然法親王の門跡二名、前関白近衛信尋、大臣クラスで九条道房、三条西実条の二名、大納言・中納言・神祇伯で九名、その他殿上人七名の構成であった。最高齢は水無瀬前中納言氏成六十九歳、最若年は三条西実教二十一歳である。二十四名の人々で十二番、冬天象、冬地儀、冬植物の三題、計三十六番が行われた。内大臣九条道房が日記に書いた所によると、九月中に歌が詠進され、十月三日四日に習礼（予行演習）

が行われ、五日が本番であった。少し詳しく書くと、道房は三日申の刻（午後四時）に仙洞御所へ参上した。当時は歌の儀式は大体夕刻から始められて深夜に至ったようである。

一方の組の歌人を方人《かたうど》と言う。道房は左方の方人であった。

左右の方人は歌合の相手方の提出歌を無記名のまま見せられて、批評を書かされ、それを左方、右方で取りまとめた。相手を批判する場合には、相手方が弁解できるように、前もって見せた。その後歌合の練習が始まり、深夜になったので五番で止め四日に続けた。

五日は、摂政二条康道などが聴聞に来た中で本番が始まった。歌題を読み上げ、「一番左」と読み、次に左歌右歌を二返ずつ披講（節を付けて読み上げる）した。一番の左右の歌を披講し終わると、院が近衛信尋に褒貶せよ（それぞれに相手方を批評せよ）と言われた。信尋が左右の歌人達に合図をした。

この時右方の三条西実条が口を切って左一番歌について批評し、言い終わって右方の方人に合図すると皆が同意の旨を示した。

左一番歌の作者は「女房」となっているがこれは後水尾院のことである。建仁二年（一二〇二）の『千五百番歌合』の後鳥羽院にあやかって「女房」名を用いたのである（『仮名題句題和歌抄』解説）。「冬天象」題である。

これも又白きを見れば更くる夜の月冴えわたるかささぎの橋
(訳、これも又白さを見ると夜が更けたことがわかる、夜の月が冴えわたる鵲《かささぎ》の橋よ)
であり、鵲の橋は宮中の御階《みはし》のことである。この歌は『新古今集』の大伴家持「かささぎの渡せる橋に置く霜の白きをみれば夜ぞふけにける」を本歌とする。
右方からの批評は「わたせる橋に置く霜のという歌の心を取ったことは、言葉の続きがふさわしく、ことに優れて聞こえます」であった。
また、右方は伏見宮貞清親王の歌で、
冬の夜も月にかけじと大空の雲をや風のよそになすらん
(訳、冬の夜も月に雲をかけまいと大空の雲を風がよそに吹きやるのだろう)
次に左方から右一番歌の批評「右歌、姿がよろしいです」と言われ、左方の皆が同意した。これらの批評は習礼の時に出ていた意見であるが、この日は左右の執筆が書き取った。しかし勝敗はその場で下されず、あとで、判者三条西実条が出す判詞に従うのである。左歌の勝ちであった。

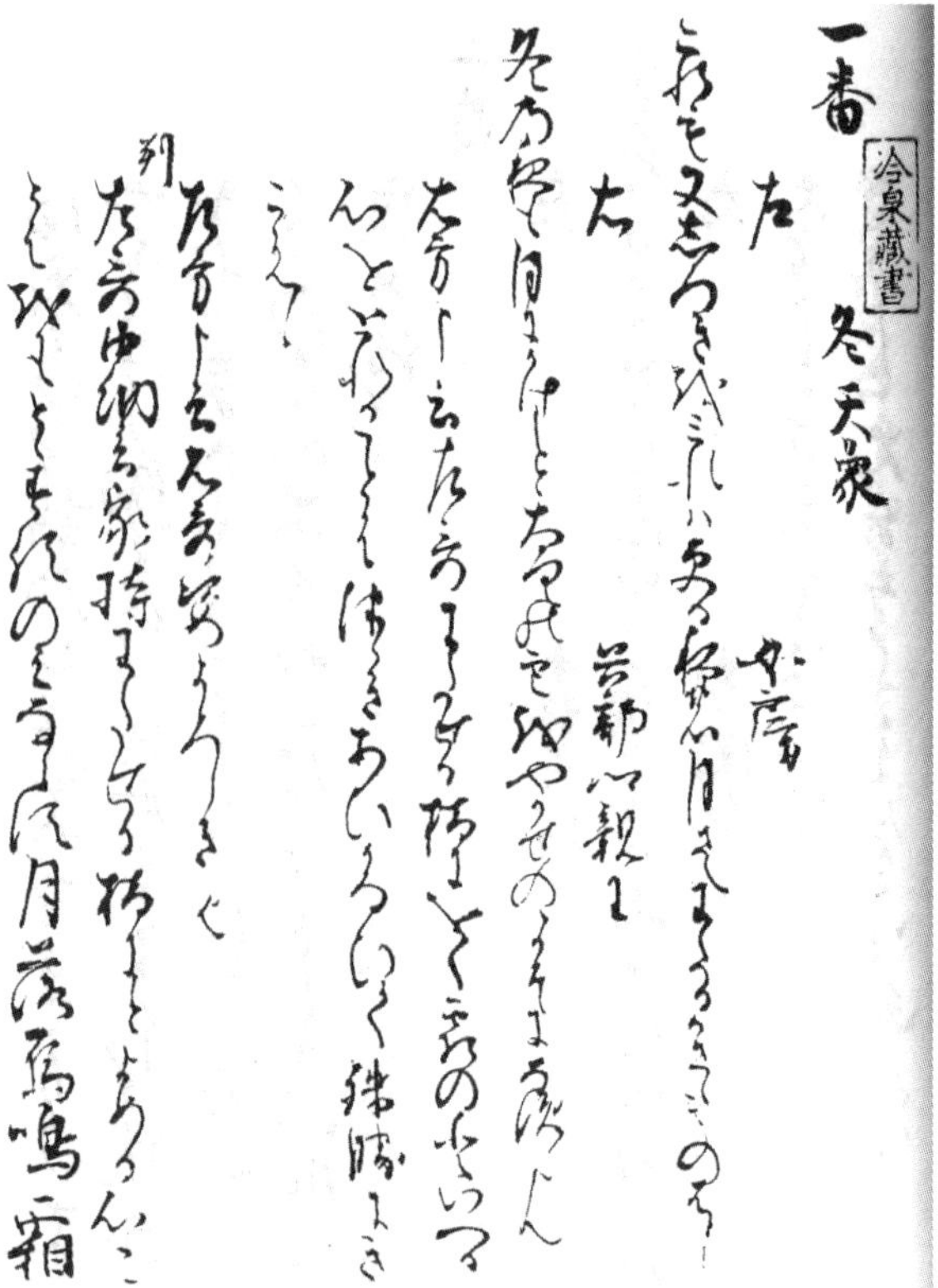

古典文庫594『仮名題句題和歌抄』所収　冷泉家本『仙洞三十六番歌合』
歌と判詞の間に方人難陳の批評を載せている

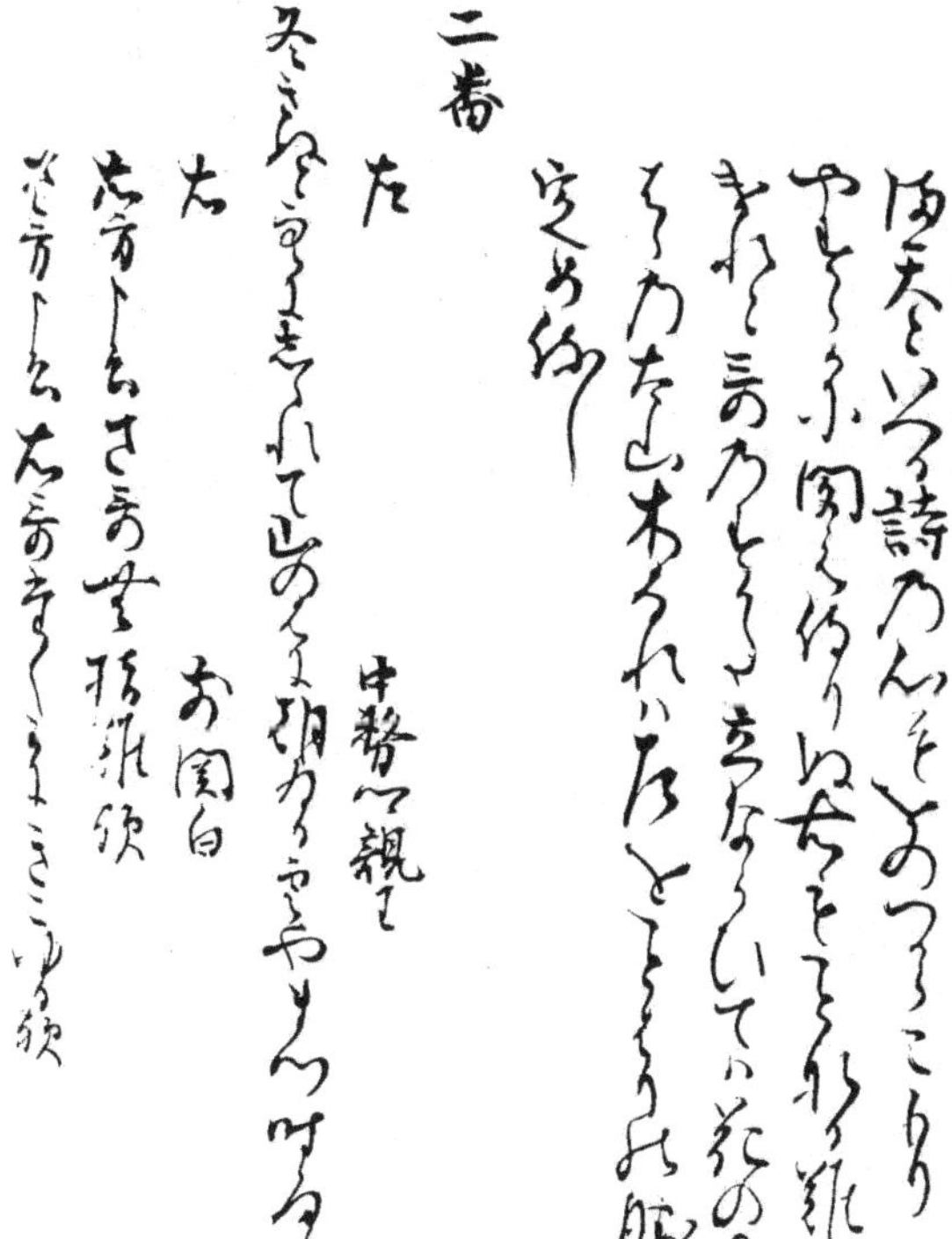

古典文庫594『仮名題句題和歌抄』所収　冷泉家本『仙洞三十六番歌合』

第22節　寛永十六年仙洞歌合2 ―― 判者実条の問題 ――

前節に続き、寛永十六年（一六三九）仙洞歌合を見ていく。ところで、この歌合には問題が起きていた。勝敗に関して歌人たちの意見と判者三条西実条の意見に食い違いがあったのである。そして方人難陳《かたうどなんちん》（方人による批判と弁解）が実条の再三の院への申入れにより停止された。

実条は、宗祇から古今伝受を相伝された三条西実隆の子孫にあたる。実隆、公条、実枝と三代を経たのち細川幽斎に伝えられ、幽斎から実条に相伝された。この年六十五歳で歌壇の長老であり、それゆえ判者に指名されたと思われる。しかし、二十二番の場合は、

「冬地儀」左

海原やとまふく船の数みえて島もあらなくに雪ぞつもれる

（訳、ひろびろとした海に、菰で覆った船が多く見えて、島はないのに雪が積もっているよ）

右

名にしおふさゞ浪よする大ひえやをひえの雪にあらし吹らし

（訳、有名なさざ浪が寄せている。比叡山の雪に嵐が吹くらしい）

右方からの批評は「左歌は難がないです」。左方からの批評は「右歌は名にし負うさざ浪というところがはっきりしない」であった。

右方の弁解は人丸の歌に「さざ浪の大津の宮」「さざ浪のながらの山」があり、また神代に「(比叡山は)海の砂にて築いた山」とも言われ「名にし負うさざ浪」は妥当だという。

実条の判詞は、「左歌は菰を掛けた舟の雪と見定めていながら、島もないのに雪が積もるとの言葉はわざとらしくて不自然に聞こえる。右歌は名にし負ふさざ浪の詞続きの珍重な扱いが歌道に知識ある歌のさまである。勝とすべきである」として右歌を勝ちとした。

この話は参加者の飛鳥井雅章が晩年に弟子に語り、聞書『尊師聞書』の中に記されている。それによると、左歌の評判が良く、右歌が負けそうになった時、右歌の作者水無瀬氏成が、「歌合の前に判者実条公にこの歌を見せて、良いと言ったので詠進したのだ。もし負けたら、実条公を討ち果たす」と言ったので、人々が「事前に歌を見せるなどということが例はあるのか」と聴いたところ、昔源頼政が師の俊恵に見せて出したという『無名抄』に載る逸話をあげたので、氏成の勝ちに決まったという。この事件により左右の方人《かたうど》難陳《なんちん》は中止となった。「後水尾院も今はこの歌合を後悔している」と結ぶ。また、三十二番は、

「冬植物」左　　　　　　九条道房

花の香を冬も絶たじと咲く梅や残りし菊の心をば知る

（訳、花の香を冬の間も絶たないようにと咲く梅は、秋の残菊の心を知るものだ）

右　　　　　　　　　水無瀬氏成

咲かぬ間の心の花と植えおきし梅こそ冬の光なりけれ

（訳、花の咲かない季節の心の花として植えおいた梅こそ冬の光である）

当日の歌人達の批判はなかったのに、道房は、後日氏成から「左の歌は早梅の時節を歌っているのに残菊を詠むのはどうだろうか」という批判を受けた。反論の応酬があったが、結局実条の判詞による勝負判定では前記の理由により道房の歌が負けとされた。実条の判は必ずしも歌人達を納得させていない。以後院の時代に歌合が開かれることはなかった。

しかし画期的な試みではあったためか、この歌合は二年後の寛永十八年（一六四一）には実条の判詞を付して版本として刊行された。方人難陳は冷泉家本『仙洞三十六番歌合』に併記があり、これは執筆の一人細野（下冷泉）為景の作成と思われる。

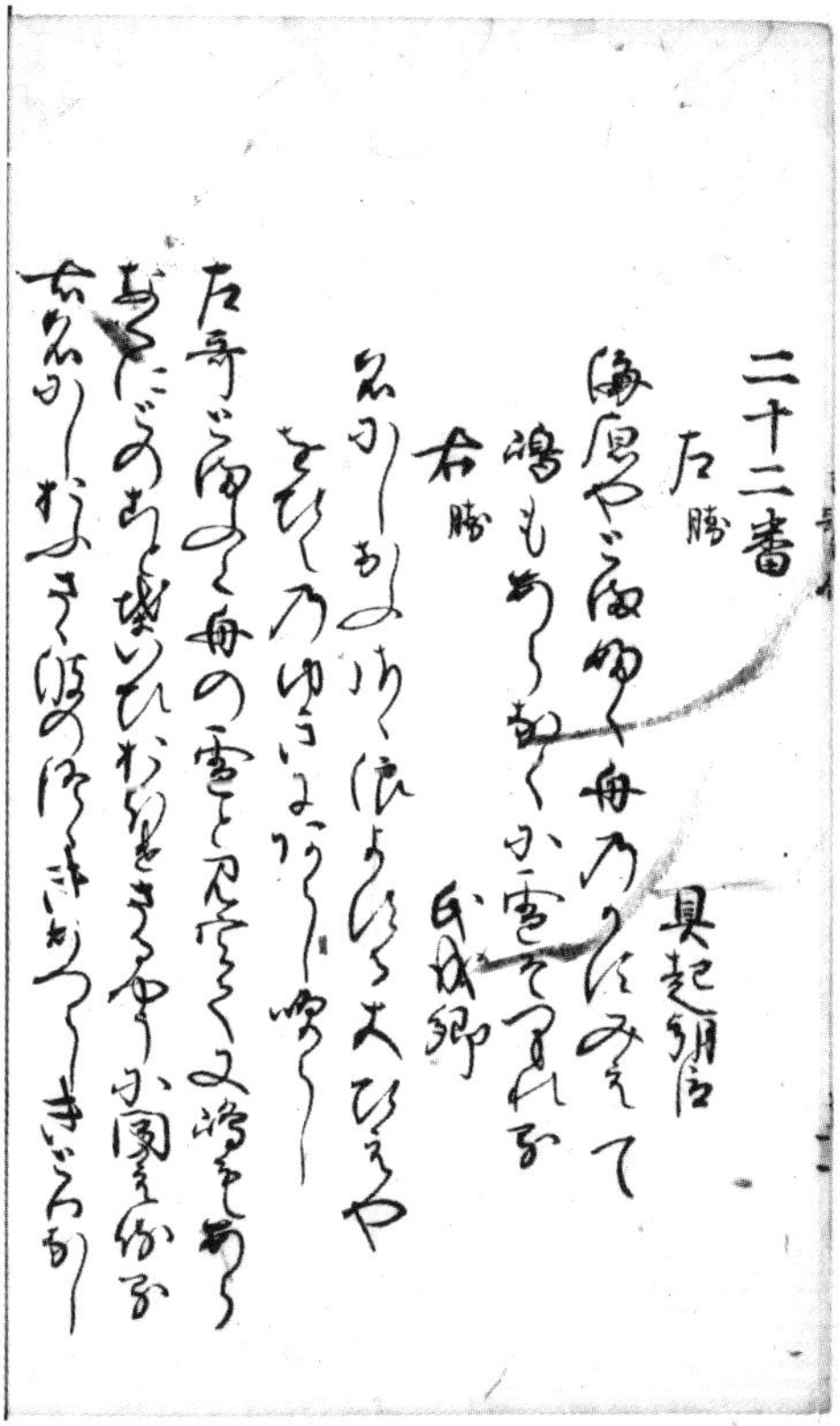

『仙洞三十六番歌合』二十二番歌　宮内庁書陵部蔵　版本（鷹53）
歌と実条の判詞だけを載せている。判詞により勝敗を書いたと思われるが、なぜかここでは左歌右歌ともに勝としている。

ゐるといひたてたる哥乃心まさりて可為勝

二十三番

左 勝　　　　為景

かきわけし山みちをたにしら雲ハまよい

つもる庭より人やいとはむ

右　　　　公業朝臣

ゆるかれし年乃暮しのこほりとも

今そみさいもの冬の池水

左哥ハたけも心あつらんか優なると勝相定りと

かうさあり

十二

第23節　院兄弟の贈答の歌

後水尾院の歌集の中につぎのような贈答の歌がある。まず「野山なつかしく、つれ〴〵のあまりに、花壇のあたり徘徊して手折りしまゝに、見参に入れ候」と詞書がある。これは京都の仙洞御所に住む後水尾院が野山の景色を懐かしく思われるが、行幸もならず、退屈をもてあます手段として、御所の花壇の辺りを徘徊して、菊を手折り、それを弟の道晃法親王に見せようとして贈ったのである。道晃法親王は聖護院門跡で十七歳年下の弟宮である。この菊に添えた院の歌は、

このごろの菊ぞうつろふ盛りなるさこそ紅葉の千種成らめ

（訳、この頃の菊は盛りを過ぎて色あせてしまった。たぶんあなたの住む聖護院のあたりの野山は紅葉が種々さまざまに盛りであるだろう）

贈答歌の返しとして道晃法親王は「野山やう〲色づき叡覧にそなへたきと存じ候折りふし、御花壇一枝拝領候。なか〲紅葉にはめもうつるまじく、かしこまりて詠《なが》め入り候ばかりにて候」と詞書を記した。野山がようやく紅葉で色づき、院の叡覧を準備したいと思っておりまし

た時に、御所の花壇の一枝の菊を拝領致しました。これを見るとかえって紅葉には目を移ることも無く、もったいなく、菊を眺めるばかりですということで、贈られた菊を讃えているのである。そして道晃法親王の歌は、

一枝の菊にけたれて色もなし山の木の葉は千草ながらに

（訳、お贈り下さった一枝の菊に圧倒されて色を失っています。山の木の葉は種々さまざまに色づいてきておりますものの）

院が贈った御所の菊もまだ見頃のものではあっただろう。法親王は「これに較べれば野山の紅葉など」と謙遜の気持ちで受け取って紅葉を誇ることもない。花や紅葉などの自然への愛着と、それを話題にする生活がうかがわれ、また、兄弟の思いやりもにじみ出ている贈答と思われるのだがどうだろうか。

また、別の時の贈答歌がある。

「茸狩《たけが》りの興ある日、袖にこきいるばかりは、木の葉もまだ染めあへねば」（訳、茸狩の面白さが有った日、袖に入ってくる程度の木の葉は、まだ充分紅葉として色づいていないので）として後水尾院の歌は、

霜の後又も来て見む名にしおはゞさこそ八入《やしほ》の岡の紅葉ば

（訳、霜が降りたのちに又も来てみよう。八入の名を持つならば、さぞかし濃く染まった八入の岡の紅葉を見に）

このやしほの岡は法親王の長谷の山庄の辺りであったという（『後水尾院御集』鈴木解説）。『後水尾院御集』には道晃法親王の返歌は省略されているが、『近代御会歌林』に詞書と歌が残る。詞書は、

「今日の御幸は茸狩りの為なりとや。木々の紅葉は八入の岡のやしほならぬも、心ありがほなり」（訳、今日の御外出は茸狩の為ということです。木々の紅葉は八入の岡という名のようにはまだ八入に染められていないですが、それも再度の御幸を期待する心があってのことです）であり、法親王の歌は、

心して今一たびの御幸まつ山の紅葉やそめのこすらん

（訳、心をこめて今一度の御幸を待っている山の紅葉は、今はまだ染め残しているのだろう）

当時の宮廷人の自然と深く関わった生活とこのような優雅な贈答歌は、私たち現代人にもひとつの憧れではなかろうか。

第24節　初期歌壇の三人の師

後水尾天皇は慶長十六年（一六一一）に十六歳で即位し、寛永六年（一六二九）に譲位された。在位時代の歌道の師は、三条西実条（慶長十六年に三十七歳）、烏丸光広（同三十三歳）、中院通村（同二十四歳）であった。実条と光広は古今伝受を細川幽斎から相伝されており歌壇の実力者であった。また通村は、父通勝が慶長四年に勅勘を許され、丹後田辺での蟄居生活から宮廷に戻り歌壇を指導するようになったとき、共に京に来て、慶長五年十三歳で叙爵、侍従に任じられ、元服し禁色昇殿を許された。父から『源氏物語』の教えも受けており、慶長十九年に参議に任じられた翌年からは後水尾天皇の和歌の指導に関わった。天皇は元和八年（一六二二）から寛永二年までの四年間、この三人をそれぞれに師とする歌会を組織した（仮に三師の会と呼ぶ）。公家達は三人の中の一人を選んでその師の会に参加したが、天皇自身はすべての会に参加して研鑽を積んだ。

なぜ三人を分けて別々の会としたのか。理由を考える上で参考となる事柄がある。

①通村は実条を師として詠進歌の指導を受けたが歌は実条より上手かった。後世、飛鳥井雅

章の言葉を記した『尊師聞書』四二項に、

実条公はさのみ御歌上手にてもなかりけるが通村公はこの公の御弟子なり。師匠まさりとなり。

（訳、実条公はそれほど歌の上手ではないが、通村公はこの実条公の弟子である。通村公は師匠まさりということである）

とある。

②三条西実条は歌人として天皇よりあまり信頼されていなかった。同書四六一項に、

三条西殿は、二三度程法皇御歌のことうかゞひ給ふに、いづれとも御了簡なきよし仰出さるゝうへは、その後御うかゞひもなきとの事なり。人の悪様かはしらず、御添削あれば歌ふるめかしくなるとてうかゞはれぬとなり。

（訳、三条西殿は、二三度法皇が御歌の事を伺いなされた時に、どうであるとも考えがないと言われたので、その後はご質問もされないとのことです。人の悪口かもしれないが、添削されると歌がふるめかしくなると言ってお尋ねにならないということです）

とある。

寛永八年の院の御製を添削した通村と光広の書状があるが、実条のそれは残らない。また、

寛永十四年仙洞御会始で歌題の「南枝」が梅・松のいずれをさすかで問題となったとき、院は実条の手紙に納得せず、詠進歌について通村に意見を求めた。実条が歌人として院の信頼を失っていることを物語る。

③通村は実条の意見に逆らうことをしない人だった。霊元院著『麓木鈔《ろくぼくしょう》』には、

「諸声」澄むなり。三条は濁る由なり。中院は何事も三条を信仰のやうなる物にてありしなり。何事も三条が申したる分に同心なり。定めて底にはさもあるまじきなり。されど、也足（通村の父通勝）、三光院（実条の祖父の三条西実枝）へ尋ねたる由緒なり。

（訳、「諸声」は「もろこえ」と澄んで発音する。三条西は濁るということである。中院は何事でも三条西を信仰しているようである。何事も三条西が言うことに同意する。さだめて本心ではそうでもないのだろう。しかし、父通勝が若い頃三光院に師事した縁があるので逆らわないのだ）

とある。

「諸声」は『伊勢物語』古注では清音であり、それが正しかったのだろうが、こういう場合通村は師説に忠実だった。以上のことから、通村の本音の指導を引き出すために実条との分離が必要だったのだろう。

第25節　三師の逸話

前節に述べた院の三師の会の三師（烏丸光広・三条西実条・中院通村）について次のような逸話が残る。霊元院の歌論書『麓木鈔』によると、後水尾天皇の「隔川恋」（川を隔てる恋）題の歌、

うしつらし契りにかけん鳰鳥《にほどり》の沖中川を君に隔てて

（訳、『万葉集』に「沖中川の流れが絶えたとしてもあなたに語る言葉は尽きることはない」と歌われるが、それに関わる沖中川を間に隔ててあなたと会えないのは辛いことだ。「鳰鳥の」は「沖中」の枕詞）

について、光広が伺候する日に、院が光広の批評を求めると、「ひときわ面白いと考えます」と答えた。後日通村に見せると「恋の歌に君とよむことは近代はしません」という。その理由を尋ねると、「子細があることです。三条西なども そう申されます」と言って、それ以上にははっきりとした答えがなかった。また後日、光広にこのことをいうと、光広の答えは「普通の人の歌に君と詠んで恨みを歌うと、主君への恨みと混同するので良くないと戒めるのでしょう。

君主（後水尾院）が詠む場合はかえって面白い」であった。

光広は若い日に歌道に志を持ち、身分の低い細川幽斎に教えを願い、自ら『耳底記』に記すような歌道修業を経て、幽斎の信頼を得て、「門弟の中第一」（門弟の中で一番の弟子である）と記された伝受証明状を受けた。光広は当意即妙に受け答えのできる才気の人であり、わかりやすく答弁している。一方通村が答えられなかったのは、三条西が理由を説明しない人だったからだろう。

三条西実条は天正十五年（一五八七）十三歳で父公国に死なれた。その後文禄二年（一五九三）から慶長五年（一六〇〇）にかけては丹後に幽斎を訪ねたり、添削指導を受けた様子である。慶長五年より同十五年の間は通村の父通勝（祖父実枝の妹の子で、父公国の従兄弟にあたる）が京都で歌壇の指導をするようになったので、通勝に添削指導を受けた。かなりきびしい添削指導の資料が残っており、実条が決して秀才でない様子が窺える。

実条は慶長九年八月に幽斎からわずか一ヶ月古今集講釈を受けて古今伝受証明状を授与された。父公国が早世したゆえの、三条西家へのいわゆる返し伝受であり、きわめて形式的なものであったことが窺える。

つまり実条は、自分の意見をしっかり持ち明確に表現できる歌人に成長していたかは疑わしい。孫の三条西実教が正親町実豊に述べた記に、「祖父実条は自分の歌を真似るなと言っていた。それは実条が武家伝奏の職（慶長十九年から寛永十七年（一六四〇）死去の年まで）にあって御用が多いので深く思案をしないで、今少し直したいと思う所もそのままにしておいたから。また只事（平凡なこと）にまぎらわせて（いい加減に）詠んでしまったからだ」とある。

寛永十四年仙洞御会始に「南枝暖ニシテ待レ鶯」（南枝暖かにして鶯を待つ）の歌題が出たが、この南枝を梅で詠むか松で詠むかが詠者の間で問題となった。実条は歌人達に松を指示した（先祖の実隆が同題の歌を松で詠んだためだろうと鈴木健一氏はいう）が、院が使者をもって尋ねた所、これに対しては、何の木でも構わないという返事をした。おそらく上皇の立場の人の場合はどちらで詠んでも意のままだということなのだろうが、院は理解に苦しんで、通村に三首の歌を示して詠進歌を選ぶための意見を求めた。通村は木がなんであるかを問題とするのではなく、歌本来の姿として良い歌を選ぶ態度で選び、添削を加えて返却している。結果的にそれは梅であった。

三者三様にタイプの違う歌人であったゆえに、歌会を分ける必要があったのだと思う。

第26節　中院通村による歌壇指導

後水尾院の初期歌壇においては三人の歌道師範として三条西実条、烏丸光広、中院通村がいたが、光広は寛永十五年（一六三八）に六十歳で、また、実条は寛永十七年に六十六歳で死去した。後水尾院は明正天皇に譲位後、上皇として院政を行ったが、慶安四年（一六五一）には五十六歳で出家し法皇となった。

翌慶安五年二月から法皇御所の毎月の稽古歌会で中院通村による歌壇指導が行われた。この歌会に参加した歌人十名のうちから、後に院より古今伝受を相伝する道晃法親王、飛鳥井雅章、日野弘資、烏丸資慶が出た。院は古今伝受を継承する歌人を育てるために、通村に指導をさせたように思われる。なお、院自身はこの歌会に出席していない。

中院通村が歌稿を添削した資料が残っているが、きわめて明確である。慶安五年十二月十日の歌題は「逐日雪深」（日を逐《お》って雪深し）であった。日野弘資は次のように詠んだ。

降りそひて昨日の雪に来ぬ人もたのむ道なき今朝の庭かな

（訳、雪が降り添って昨日の雪で来られなかった人も、あてにできる道がなくなってしまった今朝

の庭だよ）

この初句の「降りそひて」は、昨日の雪のあとにさらに降ったの意味に使われているのだが、とっさに意味がわかりづらい、昨日降ったように聞こえると、言い回しを注意している。また、新古今時代の寂蓮の歌

庭の雪にけふこん人をあはれともふみわけつべきほどぞまたれし

（訳、あいにく庭に積もった雪に今日訪れて来る人は気の毒だと思いながらも、踏み分けて来てくれる時が待たれる）

に影響を受けているものの、寂蓮の歌の「今日」は、限定された今日を指しているのではないが、弘資の場合は、昨日、今朝と限定的すぎると指摘する。道晃法親王の「逐日雪深」の歌、

冬の日のつもるにつけていいやましにあしべの雪も深きいろかな

（訳、冬の日が積もってゆくにつれて、ますます多く芦辺の雪も積もって深い色になる）

については、「芦辺の雪」は潮の満ち干に誘われるもので、日を逐って積もることにはならないだろうとする。現実を見失い言葉遊びになっていることを戒めていると思われる。

また、白川雅喬の「逐日雪深」の歌は、

なびきてし薄《すすき》も幾重埋もれけむ継《つ》ぎてふりぬる雪の日数に

（訳、なびいていた薄も幾重に雪に埋もれたことだろう。続いて降る雪の日数の間に）

と詠んだ。これは『古今集』冬、よみ人しらずの

今よりは継ぎて降らなん　わがやどの薄おしなみ降れる白雪

（訳、今からは続いて降るであろう。我が家の庭の薄を押し倒して降る白雪よ）

の本歌取りである。『古今集』の歌には雪が薄を押しなびかせて降る光景が描き出されているが、雅喬の歌ではなびいていた薄が幾重の雪に埋もれてしまった所から歌われていて、本歌取りであることはわかるにしても、雪に降られる薄の風情が失われてしまっていることを注意した。

このように一人ひとりの歌について深く鑑賞し、わかりやすい指摘で明確な指導が行われたのであるが、約一年後の承応二年（一六五三）二月、通村は突然の病気で死んだ。『公卿補任』に頓死（にわかな死）と記されている。六十六歳であった。一年にわたる月々の歌会の指導が負担となったかもしれない。

第27節　院による歌壇指導

承応二年二月、歌道師範であった中院通村の突然の死（六十六歳）によって、後水尾院（五十八歳）自身が歌道指導をする時期が来た。院はこの年の六月から十二月にかけて計七回の褒《ほう》貶《へん》和歌会を催した（『承応二年褒貶和歌』）。古今伝受を継承する歌人の育成を急いでいたように思われる。

六月の歌会に選ばれたのは十人で、前年の通村指導の会と共通するのは、道晃法親王、飛鳥井雅章、烏丸資慶の三人である。しかし、翌月からは前年の会に参加の白河雅喬を含め六人が加えられた。上級者が交替で毎回一題を出し、その題により皆が一首の歌を提出し、歌会では互いに提出歌への意見を述べた。これは寛永十六年（一六三九）仙洞歌合の時の方人難陳（第21節参照）を思い出させる。褒めたりけなしたりするということで褒貶和歌と呼ばれる。各自が批評を行うので高度な歌会といえる。

資料のはじめに「作者の事、褒貶以後聞き伝え次第に書き付け了《おわん》ぬ」とあるので、批評会のはじめには作者名は知らされず、その後で判明した時に筆記役が書き付けたのである。作者がはじめからわかると意見が言いづらいための配慮であろう。また、後水尾院が意見を述べている箇所があるが、その後は仰せにより院の意見は筆記されなかった。院は一歩引きさがって、意見を記録させず、衆議判の形を取ろうとしたことが窺われる。

初回の歌会は良仁親王（のちの後西天皇）の出題で、「水石契久」（水石《すいせき》契り久し）であった。

良仁親王の歌は

待ちぞ見ん御池の底のさゞれ石の巌《いはほ》とならん君が千歳を

（訳、待ち見よう。御池の底にあるさざれ石が巌となるであろう、我が君の千歳の行く末を）

この歌について道晃法親王は「もっともに候か」とし、雅章と飛鳥井雅直は「よろしく候か」と述べた。この題の意味は、『古今集』の「わが君は千世に八千代にさざれ石の巌となりて苔のむすまで」を典拠として、水辺のさざれ石がやがて巌となっていくということから、天皇の治世の長久を約束する意味であろう。

小川坊城俊広の歌は

君が代の数にくらべむ亀の尾の岩根におつる滝のしら玉

（訳、大君の治世の数に比べよう。亀尾山の岩を落ちる滝の白玉の数を）

であり、この歌に対して良仁親王は「続千載集賀部、従三位為信、君が代の千年をかねて亀の尾の岩ねに絶ぬ滝のしら糸。毎句置き所替わらず候か」と批判した。

良仁親王が引用した為信の歌は、

君が代の千年をかねて亀の尾の岩ねに絶ぬ滝のしら糸

（訳、大君の治世の千年をかねて亀尾山の岩に絶えない滝の白糸よ）

俊広の歌と為信の歌を較べると「君が代の」「亀の尾の岩ねに」「滝のしら玉」が類似しており、その句の置き所が一致している。

これだけの類似があれば等類となる。

「等類」について『和歌文学大辞典』には、次のように書かれる。「既存の作と類似した表現や作品をいう。（略）盗作・剽窃・焼き直しと見なされる作に対する批判として使われる」。

また、道晃法親王は「等類さへこれ無く候はゞ尤もに候か」と述べ、飛鳥井雅直は「続千載が部、為信歌に詞等類か」と批判した。俊広の歌は為信の歌の盗作と考えられる。

このような修練が行われた後、四年後に院による第一回の古今伝受が年長の堯然法親王、道晃法親王、岩倉具起、飛鳥井雅章に対して行われた。

第28節　明暦三年の古今伝受

後水尾院は三人の歌道の師を失い、みずから宮廷歌壇の指導者となった。そして、智仁親王から寛永二年（一六二五）に伝えられた古今伝受を次代へと受け継がせる立場となり、そのための歌人を育て、選抜した。

明暦三年（一六五七）の古今伝受では、弟の堯然法親王と道晃法親王、兄弟弟子の岩倉具起、院の弟子の飛鳥井雅章の四名に対して古今伝受を相伝した。みな四十代半ばを過ぎており、年齢的に急がれたのであろう。院も六十二歳を迎えていた。

古今伝受はまず、師の『古今集』の講釈を聞き、弟子が筆記することをおもな作業とする。明暦三年の正月の二十三日から四名に向けて講釈が始まったが、慣例として、まず受講者は講釈の始まる数ヶ月前に古今伝受前三十首の和歌を詠んで師に提出し添削を受けた。歌題は四人が別の題で、師から与えられた。堯然法親王の第一首め「初春鶯」は

春の日の光まち出るうれしさを（添削や）霞の袖に今朝つつむ（添削あまる）らし

（訳、初春の日の出を待って外に出る嬉しさを、春霞のかかる袖に今朝は包むらしい）

添削によって、「初春の日の出を待って外に出る嬉しさたるや、春霞のかかる袖から余るらしい」と直された。

道晃法親王の「竹裏鶯」は

くれ竹の世々のふるごゑたちかへり（添削いかにして）又あらたまる（添削めづらしき）春の鶯（訳、昔のままの古声が立ち帰っては、又あらたまる春の鶯だなあ）添削後（訳、昔のままの声がどうしてか又すばらしい春の鶯だなあ）

などとあり、添削前の形の方が素直な表現で、添削後は巧妙な表現となり、古今伝受を待つ嬉しさを現わしている。なお、「竹裏鶯」は『明題部類抄』に「たけのうちのうぐいす」と読まれており、竹藪にいる鶯を詠む題である。初句の「くれ竹の」は「よ」を引き出す枕詞である。

また、明暦三年の正月の飛鳥井雅章亭の歌会に「鶯有慶音」の題で雅章と具起の歌が見られる。この歌題は中世の類題集である『明題部類抄』などには見られない比較的新しい句題で、「鶯、よろこびのこえ有り」と読むと思われる。この歌題の出題自体が慶事を暗示するといえる。雅章の歌は

鶯の百《もも》よろこびも会ひに会ひてきくにかひある宿の春風

（訳、鶯の数多い喜びの声も私の心によく合って、古今講義を聞く甲斐のある家に吹く春風よ）

岩倉具起の歌は、

移り来て四本の松の千世の色に声あやをなす宿の鶯

（訳、松の枝に飛び移って来て鳴き、四本の松の千年も続くであろう緑の色に、さらに声の色模様を付け加えている庭の鶯よ）

と詠んでおり、いずれも古今伝受を受ける喜びを示していると思われる。なお、「四本の松」は蹴鞠の場に植えられる松のことで、飛鳥井家が、従来鞠道の家であることを象徴している。

明暦三年（一六五七）の正月二十三日より二月九日まで十七日間にわたって、院による四名に対する講釈が一日数十首ずつ行われた。まず、「文字読み」という歌の清濁を示す読み上げがあったあと、歌の意味についての講釈があった。講釈の順序にも決まりがあり、題号・巻一春歌上の注から始まり巻九羇旅歌まで。つぎに巻十一恋歌一より巻十九雑体まで行い、そこに巻十物名と仮名序を入れ、それから巻二十大歌所御歌という順であった。それは巻十を釈教の部、巻二十を神祇の部として扱い尊ぶ気持ちの表れという。その後で墨滅歌《すみけちうた》（編集段階で一度削除されたが残された歌）、真名序、奥書の講義があった。

第29節　テキスト『伝心抄』

明暦三年の古今伝受における講釈の時に、後水尾院が使用したテキストは、院が寛永二年（一六二五）に智仁親王から古今伝受を相伝された時のテキスト『伝心抄』であった。これは古く細川幽斎が三条西実枝より講釈を受けた時に幽斎が講義内容を聞書した書である。明暦三年の院の講釈は再びこれをテキストとして使い、あらたに道晃法親王と飛鳥井雅章の聞書が残る。それを明暦聞書と呼ぶ。

その内容はたとえば、古今の題号に関して、

> 古今の二字について色々取り沙汰されますが、第一に文武天皇と当代（『古今集』の時代）の延喜帝とを二字に当てるのです。文武帝は人丸を師範として、延喜帝は貫之を師範として、歌の道を興されました。それゆえ二代の帝を古今の二字に当てます（略）。別の意義として、天地未分の時を古の字、国常立尊《くにとこたちのみこと》より今日までを今の字に当てます。また正直の二字を当てます。天照太神の御心を正の字にあて、その御心を学ぶことを直の字に当てるのです。歌道は正直を本とします。

などとある。明暦聞書を『伝心抄』と比較すると、歌の解釈について院により補われた部分がある。たとえば春上、三番歌、よみ人しらず「春霞たてるやいづこみ吉野の吉野の山に雪はふりつつ」(小学館旧全集本の訳、春になって、霞がこめているのはどこの空なのだろう。ここ、み吉野の吉野山にはまだ雪が降り積もって、いっこう春になりそうもない)について、明暦聞書では

歌の心は、春になり霞が立つかと見れば吉野山は高山ゆえ雪が降っている、霞の立つのはいずこかというのです。つつは余情の詞で心を残す。(略)たてるをたゝるとする本が有るが、同じ意味です。たてるとあるのがよろしいです。

とある。傍線を付した部分が後水尾院によって補われた部分と考えられる。吉野山に雪が降るのは山が高く寒いからと理解を深める一文を補った。また、語尾の「つつ」は反復(繰り返し雪が降る)や、継続(雪が降り続ける)の意味であるから歌に余韻を生じさせることを述べた。「たてる」と「たゝる」について、すでに中世の藤原俊成は「たゝる」が古風だが良いとする(『古来風躰抄』)。ここでは「たてる」が妥当と近世的な解釈が示された。

また、『伝心抄』や明暦聞書には「裏の説」という記述が多く載る。表面上の意味を考える以上に深い意味あいを説くものである。たとえば、十二番歌の源当純の「谷風にとくる氷のひまごとに打ち出づる波や春の初花」(小学館旧全集本の訳、早春の谷風で解け始めた川の氷の隙間隙

間から、流れ出てくる波—それが春の初花なのであろうよ）について、次のような説明がある。

谷風を春風という説は用いません。深い谷の底までも春の光が照らしている心です。裏の説としては、仏法・世法（俗世間の法）を添えた歌です。華厳経の「日は高山を照らし、ついで平地を照らし、ついで幽谷を照らす」の心です。上に立つ者は一切の者を選ばないことが大事です。深い谷まで光りが届くように、恵みを与えるという意味です。

初句を「春風に」とする説もあるが、あくまで「谷風」と取る。そこには裏の説として、華厳経の「幽谷を照らす」のイメージがあり、上に立つ者の心掛けにまで言及する。片桐洋一氏によるとこの「裏の説」は、東常縁から宗祇に講釈されて以来見られる政教主義的解釈という（『中世古今集注釈書解題』三下）。

第30節　万治御点による指導

明暦三年（一六五七）の古今伝受が終わり、その翌々年、万治二年（一六五九）五月には、「万治御点」と呼ばれる後水尾院の指導する稽古和歌会が始まり、寛文二年（一六六二）まで足かけ四年、三十数回続いた。第一回の人員は五名であったが、その後十名前後に増えている。しかし、この和歌会の主たる目的は後西天皇の修練であったといわれる（『近世宮廷の和歌訓練』）。後西天皇は、兄の後光明天皇が二十二歳で夭折したために、承応三年（一六五四）に十八歳で急に即位したので、その必要があったという。この万治御点の歌会に後西天皇は休まず出席しており、後に古今伝受を受けている。教養として必要だったという以上に後西天皇は和歌の好きな方だったと思われる。

修練の始めの頃の、万治二年六月十三日の歌会で「雨後郭公」（雨の後の郭公《ほととぎす》）の題で後西天皇は、

音づれにさはらじ雨をほとゝぎす晴るゝを待ちて何またせけん

（訳、訪れるのに妨げとはならない雨なのに、時鳥よ。晴れるのを待って飛んで、どうして私を待

たせるのか）

と詠む。第五句で主語が変化してわかりにくく、少したどたどしい表現といえる。院は次のように添削した。

時鳥おのが道には障らじを雨晴るるまで何またれけん

（訳、時鳥よ、おのれが飛ぶ道に雨は妨げになるまいに、雨が晴れるまでどうして待っていたのだ）

第五句の主語を時鳥に直して、上句と一貫性ができ、意味がわかりやすくなった。

万治三年六月二十八日歌会で「郭公遍」（郭公遍《あまね》し、郭公があちらこちらで鳴く）の題で後西天皇は、

時鳥至りいたらぬ里もなしおのが五月は声も惜しまで

（訳、時鳥が来たり来なかったりする里はなく全ての里に来る。我が天下とする五月には声も惜しまないで）

と詠み、次のような批評がなされた。

「いたりいたらぬ」の詞はいひふるしたり。又何とぞあたらしき事がありてならばよかるべし。さならではふるき也。

（訳、「いたりいたらぬ」の詞は言い古している。また何か新しい事があって詠むならばいいだろ

う。さもなくば古い）

とある。「いたりいたらぬ」は『古今集』春上「春の色のいたりいたらぬ里はあらじ咲ける咲かざる花の見ゆらむ」（訳、春の色が来たり来なかったする里はなく、春はすべての里に来ている。どうして咲いている花、咲かない花があるのだろう）に詠まれた詞である。有名歌の詞を安易に用いることをたしなめられた。

修練の終わりに近い寛文二年（一六六二）二月七日の歌会では、後西天皇は「忍待恋」（忍びて待つ恋）の題を次のように詠んだ。

忍ぶれば更けてと人に契りてもさすが傾く月影は憂し

（訳、人に忍ぶ恋なので、更けてから会おうと約束しても、さすが傾いてゆく月光が待ち遠しく辛い）

院は次のように巧妙に直している。

忍ぶれば更けてとこそは契りしかさても傾く月は恨めし

（訳、人に忍ぶ恋なので、更けてから会おうと約束したけれども、さて傾いてゆく月光は待ち遠しく恨めしいことだ）

傍線を付けた「こそ〜しか」の係結びは逆接の意味が生じるので、それを上手に用いて、声調に変化を生み、また、末語を「恨めし」として心情を明確に出している。院の添削は巧妙であるが、天皇の歌も初期に較べて上達している。

第31節　修学院離宮

修学院離宮（京都市左京区）は後水尾院が営んだ山荘で、叔父の八条宮（桂宮）智仁親王が造った桂離宮（京都市西京区）とならんで、代表的な日本式庭園として知られる。明暦二年（一六五六）以前の着工で、万治二年（一六五九）から寛文三年（一六六三）までの間に前後三回の工事により完成されたという。比叡山西南麓の傾斜地を利用した壮大な構想によって造られており、最初は「上の御茶屋」「下の御茶屋」の二つの庭園から成り、後に「中の御茶屋」が足された。（『国史大辞典』）。万治二年に修学院離宮の造成を祝って院の発案で、公家と五山の僧侶たちによって、修学院八景を詩歌題とする和歌・漢詩の制作が行われた。中国においては、宋の時代に、長江中流の周辺の八つのすぐれた景色を、瀟湘八景として絵に描き、漢詩を作ることが行われ、それが鎌倉後期には禅僧によって日本に移入された。日本の景勝地を瀟湘八景になぞらえて漢詩・和歌を詠じ絵を描く。「修学院八景詩歌」はその流れを受けるもので、銀閣寺の住職鳳林承章が中心となって、八景の制定、詩歌制作の依頼、色紙への清書などが行われたという。寛文九年には挿絵を添えて版本『修学八景』が出版された。漢詩は五山の僧八名、和歌は明暦三年の古今伝受を受けた四名を含む八人の親王や公家が制作した。歌題は元の瀟湘八景と似ており、四字題で場所と景物を組み合わせている。『近代御会和歌集』によると、まず八条宮智忠親王の「村路晴嵐」（村の路に、晴れて山気がたちのぼること）の題の歌がある。

夕嵐ふきのこしてや山もとの雲よりさきにかへる里人

（訳、夕方に強く吹く風が吹き残したのか、山の麓に雲が残るが、雨は止んで晴れた村の路を雲に先駆けて帰る里人よ）

山麓の村の路を歌い、離宮の広大さを示すものかと思われる。

ほかに古今伝受歌人の四名の歌をあげると、堯然法親王は「修学晩鐘」（修学院離宮の夕方の鐘）の題を詠む。

この寺は滝の流れに響きそふ入相《いりあい》の声もよそにかはりて

（訳、この寺では滝の流れに入相の鐘が響きを添えて、他の寺とは趣きが変わっている）

近くに滝がある様子が想像できる。

道晃法親王は「遠岫帰樵」（遠い山を帰る木こり）の題で次の歌を詠む。

ながむるに暮るるもおしくはるばると柴おひつれて帰る山かな

（訳、眺めていると暮れるのが惜しく思われる景色の中を、木こりがはるばると遠い道を柴を背負っ

て帰る山だよ）

高所から見る遠景を歌うと思われる。

飛鳥井大納言（雅章）は「松崎夕照」（松が崎の夕焼け）の題を、

影薄くのこる夕日の松が崎秋を帯びたる風の色かな

（訳、夕日の残光がまだ薄く残っている松が崎では、秋を感じさせる冷ややかな風の色であるよ）

松が崎は離宮の西側の景勝地で、西は秋を意味するのでこのように歌うか。漢詩には「松が崎の勝地、玉楼の前、佳景看《み》来たれば日すでに遷《うつ》る」（訳、松が崎の景勝の地では、立派な御殿の前で良い景色を眺めて来ると太陽はすでに沈もうとしている）と詠まれる。

岩倉前中納言（具起）は「平田落雁」（平らな田地に舞い降りる雁）の題を詠む。

山里は秋ぞ身にしむはるばると稲葉色づき雁おつるころ

（訳、山里では秋が身にしみる。田に稲葉が色づき、そこに雁がはるばると来て降りる時節には）

庭園内にある田の光景と思われる。

第32節　寛文四年の古今伝受

寛文四年（一六六四）に後水尾院の二度目の古今伝受が行われた。これは前年に霊元天皇に譲位したばかりの後西上皇、烏丸資慶、中院通茂、日野弘資の四名に対して行われた。

この寛文四年の古今伝受の時は、四名のほかに、道晃法親王、飛鳥井雅章が陪聴した。その道晃法親王と後西上皇と中院通茂の日記が残り事情がよくわかる。

後西上皇の日記は寛文四年の五月十一日から始まる。この日、日野弘資、烏丸資慶などが訪れ、『古今集』御伝受の御講釈がいよいよ明日から始まることはたいそう喜ばしい旨の挨拶があって帰った。その後、文をもって法皇に明日の時刻のことなどをお伺いした。

後西上皇は明暦三年（一六五七）のころから受講の希望があったが、三十歳未満では許されないということだった。しかし烏丸が三十歳未満の先例があることに気づいたので、正月にそれを申し入れ、許可が出た。後西上皇はこの年二十八歳であった。そこで古今伝受前三十首の題が下されたので、正月十九日から歌を詠み、二月七日に後水尾院に提出した。他の三人も同様であった。三十首の添削はまだ終わらないが、五月中の伝受をと望んだところ、日次の吉凶を調べさせて十二日が決定したのである。

五月十二日、後西上皇は早朝に行水し、十時ころ院より知らせがあったので、参上した。仙洞御所の書院において四名に対する講釈が行われた。飛鳥井雅章、道晃法親王も隣室で聞いた。四季部の講釈を終えて、常御所で饗応があり、これに先んじて女院（東福門院和子）の御所へ挨拶に伺った。午後四時頃分散し、御所に戻った。道晃法親王、他の三名が来て、祝いあった後、道晃法親王に申し入れて、今日の聞書の不審点を尋ね清書した。

十三日から十六日にかけて、後西上皇は連日早朝行水し、十時ころ仙洞御所に参上、帰宅後は道晃法親王とともに聞書を清書している。院は高齢であったので、全巻を講釈することはなく、各巻始めの五首ずつの講釈があり、それ以外は文字読みだけであった。

一日五巻平均で進み、順序は明暦の古今伝受と同様に巻十物名と仮名序が巻十九と巻二十の間に行われた。十六日にすべて終了し、一日休みがあり、十八日に切紙《きりがみ》伝受（これは、切り紙に伝受の秘事を記して、弟子に与えるのである）が行われた。後西院は十六日の夜に洗髪・行水して神事を行った。

十八日仙洞の弘御所で、切紙伝受があった。中院通茂の日記によると、その部屋のしつらえは、十二畳敷で、北中央に人丸の像を掛け、その前に立机を一脚置いた。机中央に円鏡と小箱を載せた広蓋、南に金造りの剣、東西に洗米と酒、机東端の北方に香炉を置いてあった。机の南側に文台を置き、その西側に院の御座があった。通茂は資慶の伝受後、小休止の後、道晃法親王の先導により、この座敷に導き入れられ、院の近くに伺候した。

院は文箱の蓋を開いて切紙を取り出し、傍らに置いて、自分にかけ守りを掛け、切紙一通を文台上で開き見て、少し言及してから通茂に授け、通茂は巻いて文箱に収め、頂戴して退出した。

午前八時に後西院から始まり、資慶、通茂、弘資の順で一人ずつ切紙伝受が終わると、四名の受講者からの進物が披露された。

後西上皇の場合は、太刀一腰、馬代黄金二百両、白綿百把、昆布一箱、鯣《するめ》一箱、鶴一箱、大樽一荷であった。臣下三人も太刀と馬代若干の外、資慶は塩雁一箱二羽入り、通茂は緞子二巻、弘資は鮭塩引一箱二尺入りの箱を納めて華やかなものであった。十八日付けで弟子からの誓紙も提出された。

第33節　三木三鳥

東常縁《とうのつねより》が宗祇に伝えた古今伝受には、切紙伝受ということがある。これは一枚の切紙に『古今集』の奥義を記したもので、とくに三木（三種の木）と三鳥（三種の鳥）についての秘事が記されているのが有名である。後水尾院の時代にもこの切紙は伝えられている。伝受を受けた者はその内容を他の人に教える事を禁止された。

宮内庁書陵部に伝わる切紙（『古今切紙集』）によると、三木というのは「おがたまの木」「めどに削《けず》り花」「かわなぐさ」である。これらは巻十物名の中にある歌に出てくる詞であるが、意味が難しい語とされた。これらの意味が、一枚の紙に一種ずつ記されている。「おがたまの木」は次のようである。

家々の説はまちまちである。或いは次のように云う、天子が即位の時三笠山の松の枝長さ三寸ばかりを周囲五寸に削り、その上に朱書きのお守りを掛ける。即位以後そのお守りに種々の宝物を添えて御門の生気の方角へ埋めるという。当流ではこの説はとらない。これは交野の御狩の時に鳥を付けて差し上げる鳥柴というものである。是は口伝である。漏らしてはいけない。

「めどに削り花」は、

めどは妻戸《つまど》（寝殿造りの出入り口の両開きの戸）のことである。種々の花を造花に削って妻戸に挿す。口伝である。また蓍草《めど》という。また、右近の馬場の日折《ひおり》（五月五日の競べ馬・騎射をする儀式）の日に真弓の手継ぎの挿頭にさす花ともいう。

「かわなぐさ」は、次のように記す。

数多くの説がある。あるいは菱。あるいは河緑。あるいは河蓼《かわたで》。あるいは沢瀉《おもだか》など。これは河骨《こうほね》という草である。これが口伝である。決して漏らしてはいけない。

沢山の説が載るが、口伝とされるものがこの流派での答えである。これとは少し別の説を記した切紙もある。

また、三鳥はやはり『古今集』の歌に詠まれ、意味が難解な三種の鳥の名である。切紙では「三鳥の大事」として次のように書く。

一、よぶこ鳥。一説に猿。一説に箱鳥《はこどり》、この鳥は「はやこはやこ」（早く来い、早く来い）というように鳴くからこう言う。又人のこととも言う。人が春の山野に出て若菜、蕨などを集め、帰る時に友を呼ぶのでという。また筒鳥《つつどり》（カッコウ目の鳥）という説がある。これを家の口伝とする。
一、いなおおせ鳥。家々に種々の説がある。口伝では「たたき」(庭たたき、セキレイの称)をいう。
一、百千鳥《ももちどり》。鶯という説があるが、家の口伝では、鶯一つに限らず、種々の鳥をいう。春を迎えて同じ心でさえずるのを百千鳥という。
古今伝受は切紙を伝受されたということがひとつの権威となって継承された。しかし、江戸中期の国学者本居宣長《もとおりのりなが》は、「古今伝受は本来なかったものを東常縁などが作りこしらえて貫之より相伝したと偽ったのだ、伝受などということが詠歌の助けとなることはない」と批判した。「皇室に伝えられて重要なものとなっているから敬い尊ぶべきであるが、本来のわけをよく心得て惑わされないように」と書いた(『排蘆小船《あしわけおぶね》』)。それ以後は切紙の内容について、それほど重視されなくなったのである。

第34節　伝受に向けての育成

古今伝受は当事者だけが知る秘事であって、何時どのように行われたかは一般の公家の知る所ではなかった。あえて秘密にされたと思われる。現在伝受の日時がわかるのは講釈聞書が残されていて読むことができるからである。

後水尾院は、元和八年（一六二二）から寛永元年（一六二四）まで稽古和歌御会で学んで和歌を修練し、寛永二年に叔父の智仁親王から古今伝受を受けた。寛永六年に譲位したが、毎月二十四日の月次歌会、二月二十二日の水無瀬御法楽、二月二十五日、六月二十五日の聖廟御法楽は仙洞御所で継続した。寛永八年からは毎月、聖廟詩歌御会を五山僧と開いて三年継続し、漢詩を修練している。また、寛永十四年には着到百首を、同十六年には三十六番歌合を行い、先帝時代の歌会行事を復活させたが、後水尾院の歌道に対して向き合う真摯な態度を感じさせるものである。

慶安四年（一六五一）に五十六歳で出家し法皇となる。慶安五年から、公家のうちで歌が上手な十名に対して、毎月の稽古歌会を行わせ、歌道師範の中院通村に指導させた。しかし、通村は身体が丈夫ではなく、約一年後の承応二年（一六五三）二月に急死してしまう。すると、この年の六月から十二月にかけて、有力歌人たちに互いの歌を批評しあう歌会を行わせた。これらの歌会での育成により歌を磨いた道晃法親王や飛鳥井雅章に堯然法親王と岩倉具起を加えた四名に対して、明暦三年（一六五七）院は古今伝受を行った。

その前年の明暦二年八月二十二日から九月二十九日には後水尾院による『伊勢物語』伝受が行われ、また古今伝受前には、慣例の課題である各人三十首の題詠が詠じられた。

第二回の古今伝受は七年後の寛文四年（一六六四）に行われた。寛文三年一月に霊元天皇に譲位した後西上皇の強い希望によるものであった。後西上皇の日記によると、後水尾院は古今伝受を受けるのは三十歳を過ぎてからという考えであり、後西上皇が三十歳を過ぎたら道晃法親王により授けるという話があって、なかなかお許しがなかった。しかし、烏丸資慶が智仁親王は二十三歳、烏丸光広は二十五歳で伝受を受けたことに気付き、この年始めに言上したところ、後西上皇が二十八歳になるということで、お許しが出たのである。同時に伝受を受けた日野弘資は四十八歳、烏丸資慶は四十三歳、中院通茂は三十四歳であった。

その以前から院はすでに後西上皇らの育成を始めていた。それは万治二年（一六五九）五月～寛文二年四月の歌会で、院が勅点（秀歌に付す合点を天皇がつけたものをいう）を懸けて歌を批評している（万治御点）。さらに、万治二年五月『三部抄』、六月『詠歌大概』、七月『源氏物語』、万治三年五月『伊勢物語』等の講釈、同五月『伊勢物語』『源氏物語』の切り紙伝受、寛文元年『百人一首』の講釈があったことが知られる（『烏丸資慶家集下』年表）。これらは古今伝受に向けての一連の学習過程として行われたと考えられる。そして、古今伝受前三十首の詠進が行われた。

寛文四年五月の伝受のあと、同年六月朔日には、水無瀬御法楽詠二十首、住吉社御法楽詠五十首、玉津嶋御法楽詠五十首が、伝受を受けた四人を含めて公家たちにより詠まれ、後西上皇の名前で各社に奉納された。水無瀬は『新古今集』の勅撰を命じた後鳥羽院を祀る神社であり、住吉社・玉津嶋社は歌道の神と讃えられる神社なので、古今伝受無事終了の御礼のため奉納されたのであろう。

玉津嶋社奉納の巻頭歌は後西院上皇の「浦霞」題の一首であった。それは、

思ふぞよ霞もはれて玉つしま光にあたる和歌のうら人

（訳、心が晴れて嬉しく思うことだ。霞も晴れ渡って光があたる玉津嶋の和歌の浦につらなる歌人を）

古今伝受を受けた喜びが表れているようだ。

第35節　後継者たち、岩倉具起

これから数節は、伝受を受けた人たち、いわば院の歌道の後継者たちについて述べようと思う。岩倉具起は後水尾院が明暦三年（一六五七）に行った一回目の古今伝受を受けた四名のうちの一人である。具起は、明治維新に活躍した岩倉具視の先祖に当たるが、それほど有名な事績が有る人ではなく、さほど有名歌人でもない。明暦三年に院は六十二歳、具起は五歳年下の五十七歳であり、四名のうちの最年長である。

宮中で元和八年（一六二二）より四年にわたって開かれた稽古歌会があり、具起は中院通村指導の会に参加して、歌の勉強をした。いわば、院とは兄弟弟子の関係である。その後も中院通村に指導を受けながら、禁中歌会に出詠していたが、承応二年（一六五三）通村が急死してのちは、後水尾上皇の直接の指導を受けた。

慶安五年（一六五二）四月十五日に禁中で時鳥《ほととぎす》の声を聞き後光明天皇の仰せを受けて即座に詠んだ「月前郭公」の歌、

忘れめや山時鳥これぞこの所もところ月に鳴く声

（訳、忘れられるだろうか、いや、忘れられはしまい。山時鳥が、所もあろうに禁中の頭上を、よりによって月の夜に鳴いて過ぎて行く声の素晴らしさを）

は、高い評価を受け、この頃より歌人として名をあげたと思われる。

翌承応二年十月、院の仙洞御所の歌会では、披講に際しての読師を勤めている。読師は経験豊かな歌の巧者が勤めるのが慣例である。この歌会で具起は、

青葉さへ混じるとぞ見る苔の色を埋み残せる庭の紅葉ば

（訳、庭の紅葉に青葉が混じるかと思ったよ。苔を覆う紅葉が緑色を埋め残しているのを見て）

と「落葉」の歌題を詠んだ。紅葉を詠じながらあえて「青葉」の語を詠み込むのは技巧の妙である。こうした歌の上手さや、歌道への熱心さから、伝受の対象者に選ばれたのであろう。

伝受の三年後の万治三年（一六六〇）二月には死去するが、地下歌人の孝連（『尊師聞書』執筆者孝賀の師）、松田以范（『群玉集』著者）、誹諧師野々村立圃など何人かの弟子がいた。『具起《ともおき》卿詠藻』という家集が残る。子息具家（具詮）が、弟子の孝連から頼まれ「敷嶋（歌道）のむつび（親しい付き合い）浅からざりし昔を思ひ」閲覧を許すという跋文を付し、三首の歌を添え書きした。その内の一首は、

散らすなよ親の守りとこれもまた我が身に添ふる言の葉草を

（訳、粗略にあちこちに散らすなよ。親の守りであり、我が身に添えてくれた和歌を）

孝連は家集と具家の跋と歌を写し、最後に次のような自歌三首を記した。

ありしその面影したふ涙にはとめてもえやは水くきの跡

（訳、生きていた時の面影を慕って流れる涙は、留めようとしても留められず、筆のあとも見えない）

あだにしもなどか思はむすなほなる道の教への心言の葉

（訳、どうして軽々しく思いましょうか。素直な歌の教えの心と言葉を）

この身には猶こそ慕へ拾ひをきて和歌のうらはにてらす玉藻を

（訳、私には一層慕わしく思わる。拾い集め和歌の浦の入り江に照らされる玉藻のような歌は）

弟子に慕われていた様子が窺われる。後水尾院の歌学は具起を経由して地下歌人に流れたと思われる。

第36節　後継者たち、飛鳥井雅章

飛鳥井雅章は、烏丸光広・三条西実条・中院通村ら亡き後の後水尾院の後期歌壇を支えた歌人である。鎌倉時代の『新古今集』撰者の一人、飛鳥井雅経を先祖として、飛鳥井家は中世を通じて代々歌道師範の家柄であった。慶長十四年（一六〇九）後陽成天皇時代の末期に官女と若い公家たちの間で密通事件が起こり、雅章の兄二人が、それに連座して島流しとなった。二年後に後水尾院への譲位があり、その翌年に次兄の難波宗勝（雅胤と改名、のち雅宣と改める）が勅免となって帰京し、養子先の難波家から実家に戻り飛鳥井家を継いだ。雅章は慶長十六年生まれ、宗勝より二十五歳年少である。五歳の時父雅庸が薨去し、以後宗勝の嗣子として育ち歌道の教育を受けた。なお、宗勝の実子は難波家を継いでいる。

禁中御会への初めての出席は左少将従四位下となった寛永四年（一六二七）の七月、十七歳からであり、寛永六年院が譲位された後の仙洞御会によく出席している。明暦二年（一六五六）後水尾院の『伊勢物語』講釈を受け、翌三年には古今伝受を相伝した。

その功績は①後水尾院の歌会を支える歌道師範として和歌奉行や歌題出題者の役目を果たし

て支えたこと、②院の和歌指導を受けて、その教えを講釈聞書として残したこと、晩年家で歌会を開いて後進を指導、『尊師聞書』筆者に歌道を教えたこと、③二十一代集など古典の書写事業を行ったこと、であろう。

雅章は家集『飛鳥井雅章集』に芳野（吉野）へ紀行した時の歌文を残している。『芳野紀行』と呼ばれるもので、単独の写本の場合もあり、家集に収録された形式のものもある。芳野は和歌によく詠まれる景勝の地であり、昔の歌人への憧れに満ちた歌を歌っているので紹介しよう。それは、古今伝受を相伝する二年前、承応三年（一六五四）三月に廷臣としての勤務の間を縫って、許しを得ての旅行であった。その中には「吉野山を」の詞書で、次のような歌がある。

雲も雪もおよばぬ花をまがふとは吉野よくみぬ人やいひけん

（訳、雲も雪も及ばない素晴らしい花を、雲や雪に見間違えて歌うけれど、それは吉野をよく見ない人が歌ったのだろう）

これは『万葉集』に載る人口に膾炙《かいしゃ》した天武天皇の歌を本歌取りしたものである。その歌は、

良き人の良しとよく見て良しと言ひし吉野よく見よ良き人よく見

（訳、昔の良い人が、良い所だとよく見て、良いと言った、この吉野をよく見よ。今の良き人よ、よく見るがよい）

雅章の歌はやや誹諧風の詠みぶりであるが、古来から歌に歌われた吉野を訪れ桜に出会う喜びがあふれている。

また、「西行桜はこの法師のこの山に三とせの間住居せし所也と語りしかば、花散りなばとよみし言の葉も此所ならんかし」（訳、西行桜は、西行法師がこの山に三年間住んだ所にあると人が語りますので、「花散りなば」と歌った言葉もこの場所で歌われたのでしょう）とある。その歌は、

花に入《いり》て思ひしられぬよしの山やがて出《いで》じといひしことのは

（訳、私は花を見るために吉野山に入って、西行法師が「吉野山をこのまま出るまい」と歌った言葉の意味をおのずから思い知りました）

これは、西行法師作で『新古今集』に入集しているやはり有名な歌、

吉野山やがて出でじと思ふ身を花散りなばと人や待つらん

（訳、吉野山をすぐには出るまいと思っている私を、花が散ったならと人は待っているのではなかろうか）

を本歌取りしている。吉野の桜を愛した西行への憧憬が感じられる。

第37節　後継者たち、飛鳥井雅章の『尊師聞書』

飛鳥井雅章は、後水尾院の後期歌壇での重臣である。後水尾院は、明暦三年（一六五七）と寛文四年（一六六四）の二度、古今伝受を行ったが、飛鳥井雅章は二回とも講釈を受けている。一度目は相伝を受ける立場で、また二度目は陪聴者として講釈のあった部屋の隣室で聞いた。雅章はこの二回の講釈をまとめた形での聞書を残しており、国立国会図書館に『古今集御講尺聞書』として現存する。また『古今集』のほかに、後水尾院からの『伊勢物語』講釈の聞書をも残しており、京都大学や国立歴史民俗博物館に残る。このように後水尾院からの教えを記し残した。また、古今伝受を相伝した明暦三年正月より雅章亭での歌会の記録が残っているが、これは、当時の歌壇で指導的な立場に立つことを示すものである。

歌学指導の大きな業績としては、弟子の心月亭考賀によって『尊師聞書《そんしききがき》』が残されたことであろう。寛文四年に考賀が雅章に入門してから、雅章が亡くなる延宝七年（一六七九）までの間に受けた教えを記録したものである。

冷泉家と二条家の歌道作法の違いに言及した記述が目を引く。第一一項に詠草の事、二条家は四つ折りなり。冷泉家は三つ折りなり。

（訳、提出歌は、二条家では紙を四つ折りにして書く。冷泉家では三つ折りにして記す）

などとあって、図示している。

また、当時の公家歌人に関わる話が多く載り面白い。たとえば第四二項に

実条公はさのみ御歌上手にてもなかりけるが、通村公はこの公の御弟子なり。師匠まさりと也。

（訳、三条西実条公はそれほど、お歌が上手でもなかったが、中院通村公はこの公の弟子である。通村公は師匠勝りということである）

中院通村は若いころ三条西実条に添削を受けており、弟子であった。しかし、後年後水尾院の信頼が厚かったのは通村の方であり、後水尾院の歌を添削指導した（第25節参照）。第五八項には

光広卿は二十四、五の時分までは、利発にもなきよし人の申せし也。いかなれば、平生歌を案じて、そらうそぶきてのみおはせしゆゑ也。ある時、後陽成院御会に御当座ありし時、秀歌どもよみ出し給へば、皆おどろき給ふと也。大きなる男の縮み髪を四方髪にして、大き夜のものを着ておはせしと也、心やすきかたへは其ようのものきてまいり給ふと也。歌

は上手なれども、通村公程にはなきといふ説もあり。

（訳、烏丸光広卿は二十四、五歳の頃までは賢そうではなかったということを人が言っていました。なぜならば、普段歌を考えて空をあおいで歌を口ずさんでばかりおいでだったからです。ある時後陽成院の御会に当座歌会があった時、優れた歌をよんだので、皆が驚かれたということです。光広卿は体格の大きな男で、縮れた髪を総髪に結んで、ゆったりとした夜着を着ていらしたそうです。気の置けない相手へは、その夜着のようなものを着たまま行かれたそうです。歌は上手だったが、それも通村公ほどではなかったという説もあります）

烏丸光広が、幼少の頃、利発ではなく、廃嫡されかけたという話が、孫の烏丸資慶の書いた『黄葉集』跋文に載り、この記事と共通したところがある。『尊師聞書』は当時の歌人の様子や、二条家冷泉家の和歌作法の違いについて記した貴重な書である。

第38節　飛鳥井雅章による編纂と書写

飛鳥井雅章は、後水尾院後期歌壇の指導者として歌会で活躍したが、そのほか、歌集の編纂、書写などを行って古典の継承に寄与している。承応二年（一六五三）、後水尾院の勅命により、『数量和歌集』を撰進した。これは、三体和歌、『新古今』三夕《さんせき》の歌、修学院八景の歌など、数量に関わる歌を集めた特殊な歌集で、全体で五十項目、千五百余首の歌を集めている。

明暦二（一六五六）、三年ころ、後水尾院の『伊勢物語』講釈や『古今集』講釈の聴聞を許されて、聞書を残したが、その明暦のころから寛文三年（一六六三）にかけて官庫本の『二十一代集』を借り受けて書写をしている。『二十一代集』とは、二十一巻に及ぶ勅撰和歌集の総称である。平安時代の延喜五年（九〇五）頃成立の『古今集』から、室町時代、永享五年（一四三三）成立の『新続古今集』までを指す。現在書陵部に収蔵されているこの書（三十冊）は、すべて飛鳥井雅章の筆である。その第一冊の『古今集』の末尾奥書には、明暦三年二月、雅章が後水尾院からご伝授の儀があり、それを機に書写を行ったと記している。「深く函底に秘して、後昆（子孫）の証本として備ふのみ」（訳、深く箱の底にしまい込んで、子孫のための証本として備えるのみである）としており、この時期、数年をかけて、二十一代集全部を書写し終えたのも、家の宝とするためであろう。官庫の本はその後御所の火災で焼けたということで、雅章の書写本が官庫に入ったのであろう。それがなければ、内容が失われたであろう。古典の書写の業がどれほど大事なことであったかを物語る。

歌集ではないが、寛文十年（一六七〇）には本願寺本の『栄花物語』十五帖を書写している（吉田幸一論文）。『栄花物語』は本文に誤脱が多く、書写の良いものが少ないという。その中で、雅章は本願寺光常が所蔵していた善本の存在を知り、長年懇望して書写させてもらったのである。この元となる本は、文明十五年（一四八三）に関白近衛政家が後土御門天皇の命を受けて書写献上したもので、政家一人ではなく、当時の公家達が分担書写したものであった。当時の政家の日記によると、天皇から督促されて苦渋し、十人程度の公家で分担したものである。各冊にある雅章の奥書によって、もとの書写者が判明する。雅章の写した本願寺の本もその後存在が不明となっており、雅章の書写が貴重であった。

また、寛文十一年細川幽斎の家集『衆妙集』の編纂を行ったが、跋文によると、次のような子細があった。細川幽斎の曾孫細川丹後守行孝が、幽斎の詠草を集め、烏丸資慶に寄せ、家集を編纂するように頼んだ。寛文九年資慶が病気になり、死の前に雅章に託していった。「幽斎殿の詠歌を編集する志はあるけれど果たすことができない。今どのような顔で、あの世で幽斎殿にお会いできようか。もし私に代わって、あなたがその事を成し遂げてくれるならば、死んでも恨まれることはあるまい」。雅章は辞退できず、承諾した。資慶は寛文九年十一月に薨去したが、その約二年後の寛文十一年十二月に雅章が『衆妙集』を完成させた。院の叡覧を得て、『衆妙集』（多くの優れた歌の集の意）という本の名号を賜り、宸筆で外題を書いて頂いた。

また亡くなる前々年の延宝五年（一六七七）には、先祖の飛鳥井雅親（法名栄雅）の家集に漏れた歌を集め『続亜槐集』を編纂している。このように雅章は本の編纂・書写に関わり、古典を伝え残す仕事を果たしている。

第39節　飛鳥井雅章の『古今集御講尺聞書』

後水尾院は、生涯に二度古今伝受を相伝した。古今伝受は『古今集』の講義を行うものであり、受講者は講義を聞いて筆録した。明暦三年（一六五七）時は四人の受講者がおり、道晃法親王、飛鳥井雅章の二名の聞書が現存する。堯然法親王の聞書も陽明文庫に現存するが、その内容を調査した所、道晃聞書の転写本と考えられる。岩倉具起の聞書もかつては存在したかもしれないが、今はない。

寛文四年（一六六四）時にも後西上皇、烏丸資慶、日野弘資、中院通茂の四人の受講者がおり、後西上皇の聞書（『古今集御聞書』）が現存する。天皇は『古今伝受御日記』も残しており、それによると、御所に帰宅後、他の三人と道晃法親王が訪問し、道晃法親王により当日の聞書の不審点をはらし清書したという。

寛文四年には、一度目の受講者のうち、薨去した堯然法親王と岩倉具起を除き、道晃法親王と飛鳥井雅章が、隣室で講義を陪聴している。

道晃法親王は明暦三年に、明暦講義をまとめた聞書を作成した（『古今集聞書』）。そして寛文四年以後、二度の聞書を纏める形で『後水尾院古今集御抄』(河野信一記念文化館蔵)の原本を作成した。この『御抄』には延享二年(一七四五)に烏丸光栄が道晃親王筆本を書写した旨の奥書がある。

この本の内容には特徴がある。明暦聞書と寛文聞書を合成しているのだが、そのやり方に特徴がある。寛文四年に法皇は六十九歳であり、老齢であるとして、講義は各巻の冒頭五首のみで、計五日間の講釈と儀式である切紙伝受の一日だけであった。七年前の明暦講釈が十七日間に及び、切紙伝受の一日を加えていたのに対して、短い期間であった。『御抄』は冒頭の五首に関しては、明暦聞書の内容は捨てて寛文聞書(後西上皇著書で判明)だけを取る。これは、たぶん後の講義における院の考えを尊重し、後水尾院への忠誠の姿勢を示す一つの在り方と推測される。

さて、飛鳥井雅章の『古今集御講尺聞書』(国立国会図書館蔵)は、明暦三年二月の奥書があるが、寛文四年後の作成と思われ、明暦・寛文聞書の両方の内容を含む。

たとえば春歌三番歌を見てみよう。

春霞たてるやいづこみよしのゝ芳野ゝ山に雪はふりつゝ

(訳、春が来たのに春霞は何処に立っているのか。吉野山には雪が降りしきっている)

この歌は題しらず、作者しらずなので、明暦聞書では、まずその解説があり、次に歌の意味、最後に「つつ」などの文法的説明がある。寛文聞書では、題しらず等については「ながくしさに差し置く」と省略される。文法についても省略に近い。

『御抄』は省略された寛文聞書の通りに記載する。一方、雅章の『古今集御講尺聞書』では、題しらず等の解説、「つつ」の解説などをほぼ明暦聞書の通りに載せ、最後に寛文聞書の文も引く（一三九頁写真三行めより）。

つゝハ総而《ソウジテ》余情ノ詞也。心ヲ残シタル詞也。万葉ニハ乍ト書。コゝハ乍也。ミヨシノハ上吉野・中吉野・下吉野トテ、三吉野アル也。『つゝトマリの歌ハ中々の五文字ノタクヒニテ、セウくニテハヨマヌ事也。』此五文字今時ハヨマサル事也。

二重カギかっこの部分は寛文聞書のままである。傍線で示した三吉野の説明、及び「此五文字は今時は詠まない」の部分は、院の講義にはなく、雅章が独自に付け加えたと思われる。したがって、本書は豊かな内容を載せるが雅章の独自意見を含む可能性がある。

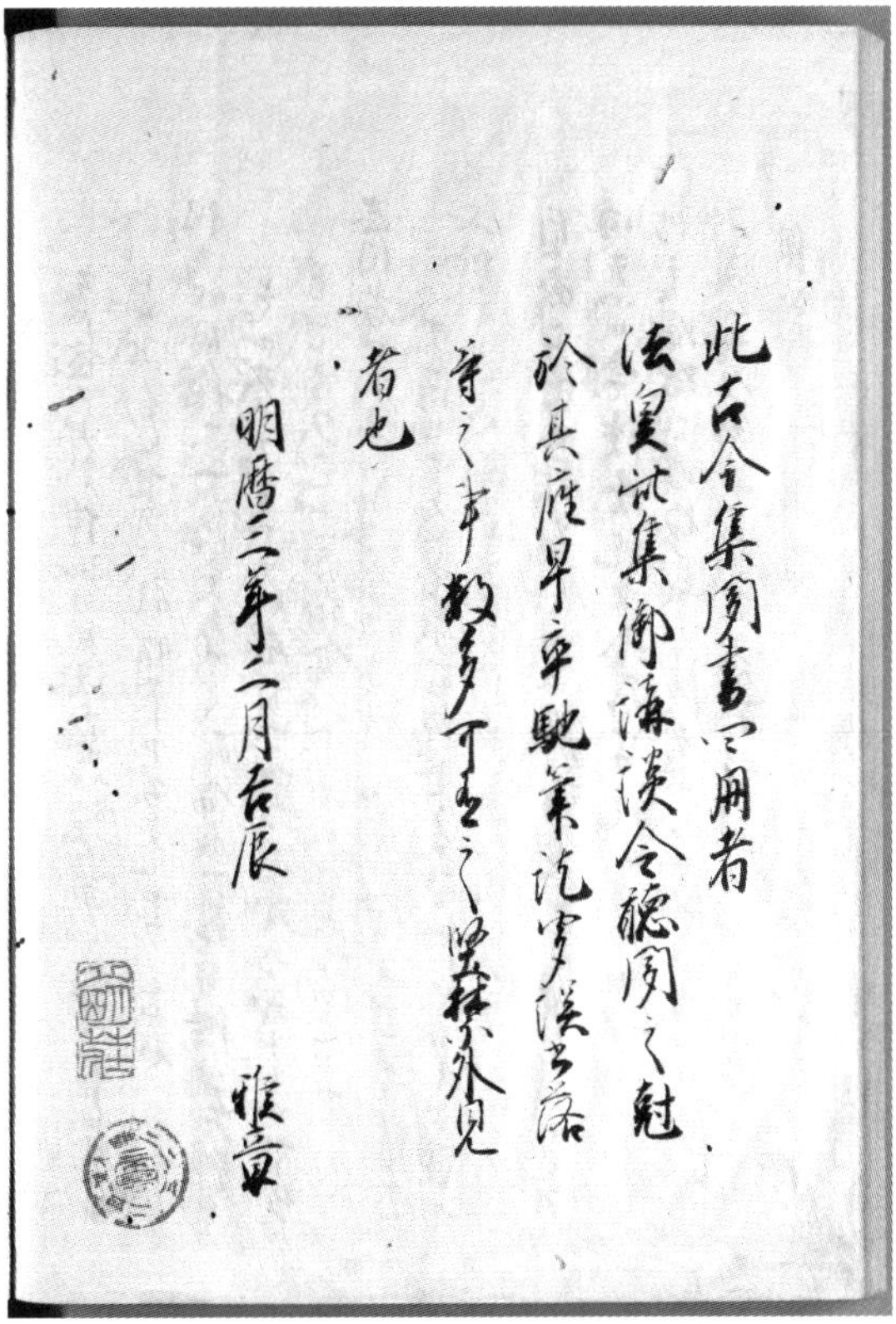

此古今集聞書一冊者
法皇就集御講談令聴聞之趣
於其座早卒馳筆訖定漢字落
字之事数多可有之堅禁外見
者也
明暦三年二月吉辰
雅章

『古今集御講尺聞書』(国立国会図書館蔵)　奥書

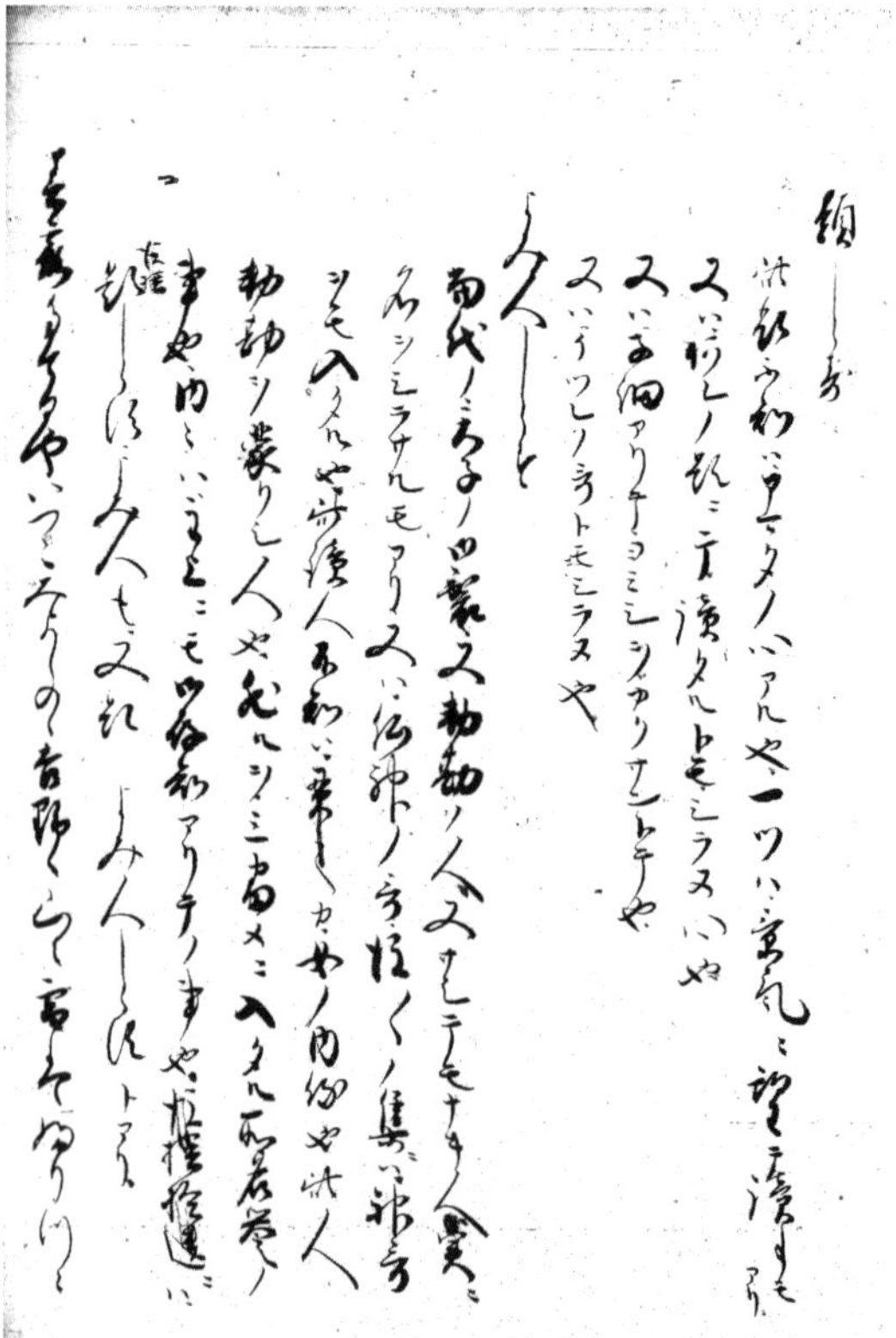

『古今集御講尺聞書』（国立国会図書館蔵）　最終行が三番歌

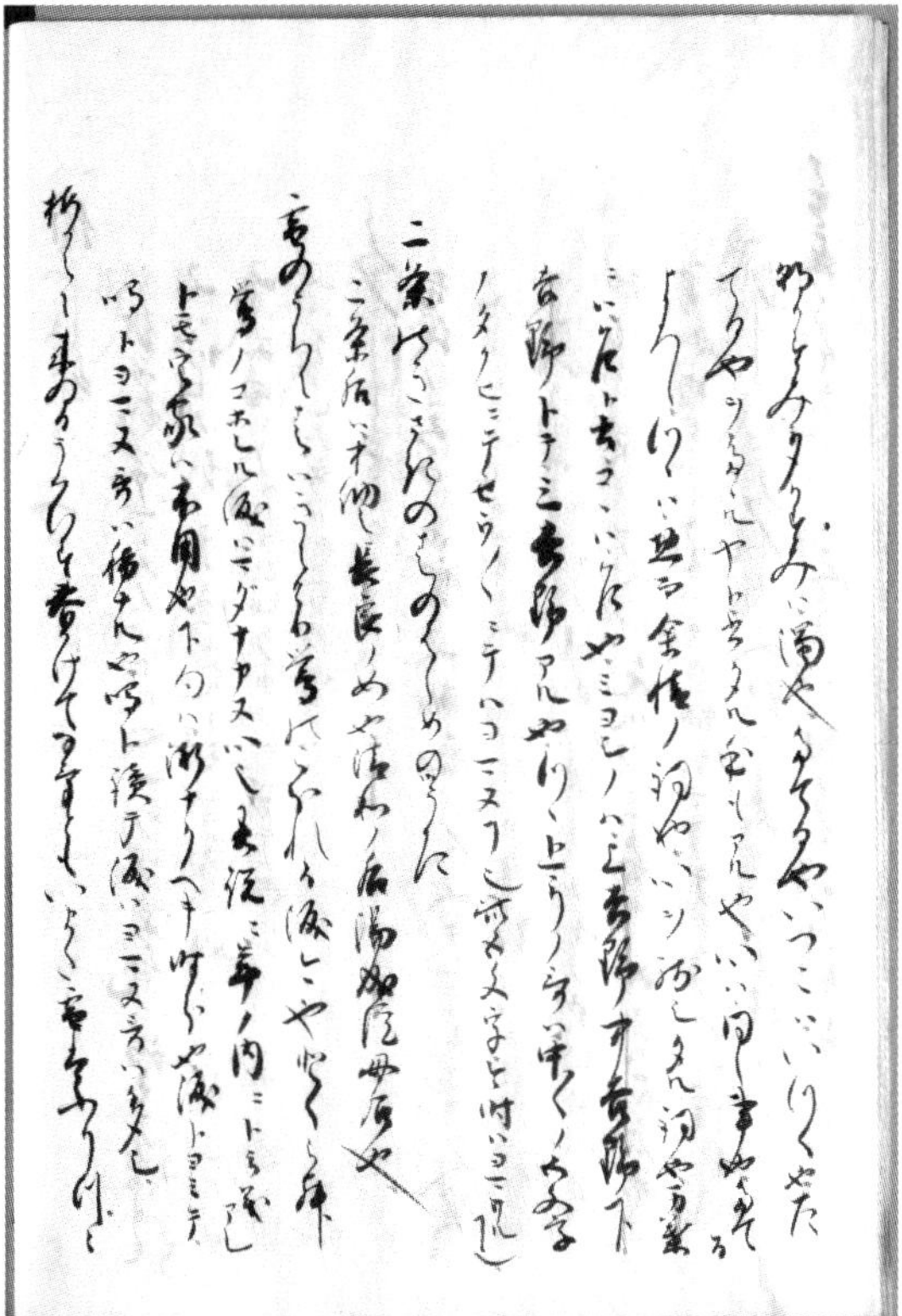

『古今集御講尺聞書』（国立国会図書館蔵）　三番歌歌解説の部分

第40節　烏丸光広と孫資慶

烏丸資慶は、後水尾院の後期歌壇を支えた優秀な歌人である。前稿で取り上げた飛鳥井雅章より十一年後の出生であり、雅章よりも後に、寛文四年（一六六四）の後水尾院の古今伝受を受けた。この資慶は、若き後水尾院の歌道の師の一人であった烏丸光広の孫にあたる。烏丸家はもともと歌道の家というわけではなかったが、光広が研鑽して歌道の家を興したのである。その歌の才能は子息烏丸光賢を越えて、孫の資慶に引き継がれた。資慶は十一歳の寛永九年（一六三二）から禁中御会始に詠進している（宮内庁書陵部蔵『禁中御会和歌』）。この時、「梅万春友」（梅はすべての春の友である）という歌題について、親子三代で詠進した。光広の歌は、

神代よりかはらぬ風を伝へきて雲井のどかに匂ふ梅かも

（訳、神代の時代から変わらない風を伝えてきて、宮中でのどかに匂う梅の花だなあ）

と手なれた詠みぶりであり、光賢の歌は、

諸人の言葉の花も万代の春にや契る難波津の梅

（訳、多くの人々の言葉の花である歌も、久しく続く世の春に、約束されて美しく咲く難波津の梅

の花のようだ）

と、やや、わかりにくい歌といえる。また、資慶の歌は
　万代の春にかはらず咲く梅の千里やにほふ雲の上より
　（訳、長く続く世の春に変わらずに咲く梅が、千里にかけて匂うことだ。雲の上といわれる宮中の庭から）

とあって、わかりやすい（詠進前に祖父の指導を受けているとは思われるけれど）。
光広の家集『黄葉集』の中に、孫の精進を願う歌が収められていて心を惹く。「雪にて布袋のかたを作りて、侍従資慶がもとへ」と詞書がある。雪で七福神の布袋の像を造って、侍従資慶の元へ贈ったということである。当時身分ある公家の師弟は、幼くして侍従の身分と五位の位とを与えられ、宮中に参内が可能とされたのである。歌は、
　怠らず学びの窓に向かはなむ雪を集めて布袋にもする
　（訳、怠けることなく学びの窓に向かってほしいことだ。孫資慶の精進を願って雪を集めて雪だるまで布袋さまの像を作ったよ）

雪だるまを、大人が作ったことになる。近年ならば、バケツを頭にかぶらせ、長い柄を持たせるのが、雪だるまの代表的なイメージだろうが、江戸初期の光広が作ったのは、七福神の一

人布袋さまの、袋をかついだ太った僧侶の姿であった。それを資慶の元へやったというのだから、それほど大きいものではなく、盆の上などに載るものであったのだろう。

「蛍の光窓の雪」という言葉は今に伝わるが、もともと中国の故事に由来し、貧しくて灯火の油を買うお金がないため、夏には蛍の光で、冬には窓に積もる雪明かりで勉学したことをいう。いずれも若者が勉学に励むことを意味する。資慶が侍従の職にあったのは寛永三年（一六二六）五歳から、同十六年十八歳までであるが、和歌の才を見せて、宮中歌会に歌を詠進するようになった孫の姿が嬉しく、光広らしい雪で遊ぶ心が半分、激励の心が半分で雪像を造り送ったのではないだろうか。

ところで資慶は、寛永十五年の七月には祖父光広を六十歳で亡くし、同じ年九月には父光賢を三十九歳で失うのである。その後は、後水尾院の愛弟子として、和歌の修練を受け、古今伝受を受け、名のある歌人となり歌論書を残し、細川行孝などの弟子を育てた。

第41節　烏丸資慶の高野山紀行

後水尾院の愛弟子で、烏丸光広の孫、大納言烏丸資慶は、母思いの人であった。寛文四年（一六六四）古今伝受という歌人としての栄誉を受けたあと、翌年寛文五年三月に母鳳祥院が六十八歳で亡くなった。鳳祥院は俗名をまんという。武将細川幽斎の子忠興と明智光秀の娘ガラシャ夫人との間の娘である。

時に資慶は四十四歳だった。母の死後五十日後には除服といって喪服を脱ぎ出仕しなくてはならなかった。その間にと志し、二人の僧侶と同行して母の追悼のために高野山に参詣したのである。「三行記」という紀行文が残されている（『近世歌文集』上）。

四月二十二日に京都を出発した。難波あたりまで舟で下ったとき、汀の蘆が青く生い茂っている中に雉の鳴く声を聞いて、次のように詠んだ。

たらちめの昔を知れば子を思ふ野辺のきぎすの鳴く音かなしき

（訳、亡き母の生きていたころの慈愛深い心を知っているから、子を思う心の深い鳥である野辺の雉が、子を思って鳴く声が聞こえると、母を思い出してかなしい）

同行の三人で時々に漢詩や和歌を歌い記しながら、高野山の山上に着いた。高野山の僧侶の案内により用意された場所に行き、母の遺髪と爪とを納めた箱を自ら埋めた。次のような描写がある。

西の山の方に杉のふる葉を分け入りてみれば、所もさありぬべしとみづから地を封じて収めつ

（訳、西の山の方角に杉の古葉が積もっているのを分け入ってみますと、所も適当であると思われる場所に自分の手で地面に埋めて箱を収めた）

そのとき詠んで添えた歌は、

結びおく縁《えにし》朽ちめや高野山その暁を松のした露

（訳、弘法大師が末世の弥勒菩薩の出現を待って結んだ仏縁は、決してむなしく朽ちるものではなかろう。高野山で松からしたたる露を受けながら大師とともにその暁を待ってほしい）

資慶は自分の死後、わが遺骨をこの山に埋めると約束して杉の下道を分け出た。そのとき甘露寺親長卿がこの山に二度参詣して歌を詠んでいることを思いだして、うらやましく思って、傍らの杉の木を削って書き付けた。

おなじくは命ある世にふたたびとちぎりていづる杉のした道

（訳、いっそのこと命がある間に再び参詣したいものだと約束して歩き出す杉のした道よ）

資慶はこののち寛文九年（一六六九）に病気で亡くなったので、再びは参詣できなかった。四月二十五日に高野登山、二十七日下山、堺・住吉を経て鵜殿の別邸に寄り、三十日に帰洛した。別邸では一年前の三月末に、亡き母が滞在しており、山歩きで手折った桜が、一年後の今朝まで枯れたまま瓶に挿してあったという話を聞いた。このことを聞かされて資慶が詠んだ歌は、

思ひきや去年《こぞ》の桜を残しつつ君はこの世を離《か》れぬべしとは

（訳、こんなことを思ったことがあろうか、いや、思いもしなかった。去年の桜を残して、今年あなたがこの世を離れてしまうだろうとは）

「三行記」に見られる歌は、全体として、感情を素直に流露するというより、他人に読まれることを意識したような歌が多いが、その中でもこの歌は、母の死への深い悲しみが直接的に表現された歌といえよう。

第42節　烏丸資慶と弟子松田以范

後水尾院後期歌壇で活躍した烏丸資慶が弟子にどのように接していたかを示す資料がある。細川行孝の聞書『続耳底記《にじ》』に名前の出てくる弟子の一人に、地下歌人松田以范（以繁とも書く）がいる。本業は不明だが『群玉集』という歌集を編んだ人で、それを読むと資慶の門下となった経緯が記されている。若い時から和歌を志し中院通村の門弟となり添削指導を受けたが十年余りのち承応二年（一六五三）通村が逝去。その後は岩倉具起に就くが万治三年（一六六〇）具起逝去。その後資慶の門弟となるが寛文九年（一六六九）資慶が逝去。その後は日野弘資の門弟となった。詠歌三千首を『観阿居士独吟集』に編集、のち半分に精選して『群玉集』とした。

『群玉集』の中に次のような詞書を持った歌がある。「資慶卿は以范の歌道の志が深いといって、つつ留まり、三つの哉留め、その外何についても尋ねることは、秘事と言って隠すこともなく教え伝えてくださったので、身に余ってありがたくて励んでいた時に江戸に下る事があり、江戸に滞在しているうちにも尋ねる事を書き付けて卿へ申し上げると、すぐに返書に細々と教えを書き付けてくださった」とある。「つつ留まり」とは歌の語尾を「つつ」で留める方法であるが、古今伝受の秘事にあたる。資慶が伝受された寛文四年以降に、後水尾院の許可があって、教えることができたのだろう。資慶が大変丁寧に弟子に指導した様子が伝わってくる。

以范は寛永七年（一六三〇）に、初めて江戸に下り、その後青壮年期に五回江戸を訪れ、晩年は江戸在住であったらしい。明暦三年（一六五七）正月の江戸大火の折、芝の増上寺に身を寄せ、翌四年に江戸で出家した。寛文三年江戸の細川行孝邸での歌会に参加し歌を詠んでおり、行孝の歌会仲間であったと思われる。

『続耳底記』の中に以范への返状として、「道理を強く言い立てた歌は、さまが卑しく凡俗になる。風情妖艶にするためあいまいにすると、歌意の伝わらない歌になりかねない。そのところを十分に稽古すべきである」と述べた部分が収められている。行孝が江戸へ下向の折り、以范へと託された書状で、同時に行孝にも開示されたものだったのであろう。

資慶との便りが少し途絶えたころ、以范は資慶に、団扇と扇を贈ろうとして「うちはとあふぎすすむ」（団扇と扇を進呈する）の文字を詠み込んだ歌を送った。

歌の道果てしなければどあまた問ふ聞かぬは尽きず捨てず頼まん

（訳、歌の道は果てのないものですけれど多くをお尋ねします。まだ教えを聞いていないことは尽

きず、捨てることなくこれからも指導をお頼みします)

五、七、五、七、七の各句の始めの字と終りの字をつなげると先の文になる。これは折句を複雑にした沓冠《くつかぶり》という平安時代から続く技法である。歌の内容は資慶と以范の親密な師弟関係を示すだろう。

寛文九年(一六六九)十一月、資慶は四十八歳で病死したが以范は行孝ら歌会の仲間とともに翌年三月四月五月と追善歌会を開いた。四月、以范は「夏懐旧」題で次の歌を詠んだ。

おもひ出る人は五十に満ちもせで醒むるやおなじ短夜の夢

(訳、思い出す資慶卿は五十歳に満たずに亡くなったが、そのように人は短夜の夢に同じく醒めるのだ)

また、五月に一周忌追善として「披書逢昔」(書を開いて昔に逢う)を詠んだ。

見る文にあらはす道のまことこそ昔の人の教へなりけれ

(訳、開き見る書に示された道の誠こそ昔の人の教えなのだ)

第43節　烏丸資慶と弟子細川行孝

烏丸資慶は、後水尾院の後期歌壇の優れた歌人で、歌論書や弟子による聞書を多く残す。聞書『続耳底記』は、資慶にとって母方の従兄弟である細川行孝が記した。

細川行孝について、少しまとめて紹介しておこう。細川行孝は、幽斎の子忠興の次男立孝の子である。立孝は兄忠利、甥光尚とともに寛永十四年（一六三七）～同十五年の島原の乱で幕府軍として戦い戦功をあげた。正保二年（一六四五）に三十一歳で江戸で卒去（『新訂寛政重修諸家譜』）。父の功績により、行孝は正保三年従兄弟肥後守光尚の所領から三万石を分与され、十歳で肥後国宇土の藩主となる。江戸在住で、承応元年（一六五二）十六歳の時、将軍から初めて領地へ行く暇を得て任国へ下った。そして翌年十二月には従五位下丹後守に叙任した。行孝は、母と共に和歌を好み、和歌を資慶に学んだ。江戸と肥後とを参勤交代で往復するため京都を通る時に、資慶との出会いが設けられたと思われる。

資慶家集『秀葉集』（宮城県立図書館蔵）に「細川丹後守と一晩中昔話をして、暁時鳥の題を詠んで」と詞書を付けて、

時鳥涙もよほす暁のおり哀れなる夢語りかな

（訳、時鳥が悲しい声で鳴いて涙を覚える暁に、折も折、あわれな夢語りをすることよ）

と資慶が歌い、また、「細川丹後守肥後国宇土に帰りける時」として次の歌がある。

立ちわかれ波路へだてゝ行く里のうとうとしくや便り聞かまし

（訳、立ち別れて波路を隔てて帰って行く里の宇土の名のように「うとうとしく」、遠く離れて疎遠であっても、便りを聞きたいものだ）

京都の資慶亭で歌会が行われることもあった。行孝百首詠の中に「寛文六年（一六六六）八月十五夜烏丸資慶卿の亭にて月前会友ということを」として行孝の歌がある。

忘れめや大宮人と団居《まどゐ》して飽かずともなふ月の今宵を

（訳、忘れるだろうか、忘れることはあるまい。雲上人と親しく集い、飽きることない美しい月が相伴する素晴らしい今夜を）

歌の詠み方を記す歌論書『烏丸亜相口伝』について第15節でふれたが、これは行孝に送られたものと考えられる。行孝は歌人として成長し、資慶の仲介で後水尾院に三十首歌の二度の叡覧を仰ぎ、添削、評語を受けた。また行孝の夫人も和歌を好み、やはり資慶の仲介で詠十五首と三十首を叡覧に備えている。行孝歌の叡覧については第13・14節で紹介した。それは寛文三年の出来事であったが、これをはさんで寛文二年から四年にかけての資慶の指導が直接の聞書と書状で行われ、それをまとめたのが、『続耳底記』である。

さらに行孝は、江戸で大名歌人の姫路藩主榊原政房、平藩主内藤義概、また、水戸藩家老中山信治や水戸藩医牛庵などと歌会を持ち、これらの人達は行孝を仲介として資慶に歌の添削や評を受けていたと考えられる。

寛文九年、資慶は死の直前に細川行孝に書状を送っており、行孝との深い関係が窺われる。子息光雄、甥裏松意光の今後の相談に乗ることを頼み、預けた金子の利子を光雄へ毎年渡すことを頼んでいる。最後に「あなたは私の和歌門弟のうちで、光雄に引き続き師事してくださると心得て頼み入る次第です」と記す。甥の意光の代筆の手紙に震える筆跡で和歌と署名を書き加えている。

友鶴も哀れとや聞く和歌の浦に翅しほれて子を思ふ声

（訳、友の鶴も哀れと聞くであろうか。和歌の浦でつばさの力をなくして鳴いて子を思うこの声を）

心から信頼できる弟子であったと思われる。

第44節　寛文九年烏丸資慶の薨去

後水尾院の愛弟子であった烏丸資慶は、寛文九年（一六六九）十一月に四十八歳で薨去した。この寛文九年には、資慶は祖父烏丸光広の家集『黄葉集』を編集し終えて後水尾院の叡覧を仰ぎ、五月に返され、それに編纂事情を述べた跋文を記している。跋文によると光広の歌稿は函底に秘してあったが承応年中（一六五二〜五）の大火で焼失したため、これを再び集めようしたが、四方に散在していて容易ではなかった。知人に送った歌や、知人が書き留めた歌、御会の記録などから採集したのであろう。後水尾院も手元に記し置いた和歌二巻と、光広自筆の百首を資慶に下賜して助力された。努力の末に千六百七十首余を集め一家集を成した。院はそれを御覧になり、千年の栄えとなる作品だと言われた。

編集の疲れもあったのだろうか、その後、七月後半から九月にかけては、宮中での歌会に歌の詠進が見られず（『近代御会和歌集』）、体調がすぐれなかったらしい。八月観月御会にも、九月重陽御会にも参上せず、八月十五夜には自宅で歌を詠んだ。「今日はとくに晴れ渡って、月の出を待つ山もはっきり見え、後水尾院の仙洞御所では当座の歌会があるので、若者（子息光雄）は召しに応じて参上した。自分はこの頃は心地がすぐれず、いまだに御所に参上する思いもなく、この素晴らしい夜の月を眺めていたが、禅僧が庭の蓬《よもぎ》をかき分けて訪問した（資慶が祖父光広の菩提のため左京区太秦に建立し烏丸家の菩提寺となった臨済宗法雲寺の如雪か）。ここに甥の裏松意光《のりみつ》を招いて、緇素見月（俗人と僧侶が月を眺めるの意味）の題を漢詩と和歌で唱和することになった」と詞書して

まれにあふ月のまどゐぞ立ち帰る山路わすれよ世をも思はじ

（訳、一年に一度の稀に出会う中秋の名月を眺める団らんの席です。帰る山路のことは忘れてほしい。私も世俗のことを思わないので）

その後少し回復したらしく、十月四日の霊元天皇月次歌会と、十月二十五日の後西上皇月次歌会に詠進しているが、これは出席はなく、歌の提出だけであったかもしれない。

十月二十五日に「枯野曙《かれののあけぼの》」の題で出された歌は次のようであった。

見し花の秋も胡蝶の夢かとよ曙白きのべの霜枯れ

（訳、美しい花を見た秋も今は胡蝶の夢であったかと思われる。曙には白く霜枯れた野邊が広がっている）

「胡蝶の夢」とは、中国の荘子が夢で胡蝶になって楽しみ、自分と蝶との区別を忘れたとい

う故事による。人生のはかなさにもたとえられる言葉であり、死を予感した境地があったのかと思われる。

病状は回復せず、この年は閏十月があったのでおよそ二ヶ月を経た、寛文九年（一六六九）十一月二十八日に烏丸資慶は薨去した。前号に記した細川行孝宛ての手紙を書き、また、法雲寺開山の如雪和尚へは

かゝる時君が恵みのうれしさを猶いかばかり思ふとか知る

（訳、死に際して、あなたの仏道の教えの恵みをどれほど嬉しく思っていることでしょうか）

と送り、烏丸資慶の辞世の歌は、次のようだった。

さめにけり五十《いそぢ》の夢よ見しやなに竜田の錦み吉野の雲

（訳、五十年の夢も醒めてしまうのだなあ。私は何を見たのか。竜田川の紅葉の錦とみ吉野の花の雲だ）

和歌の世界で最も美しいとされる春秋の景色を一生約五十年間眺めて、歌人としての生涯を全うしたという思いだろうか。

第45節 『資慶卿口授』『光雄卿口授』

烏丸資慶は、多くの歌論書を残している。後水尾院初期歌壇の指導者は、三条西実条、烏丸光広、中院通村であるが、実条は『実条公遺稿』(孫の実教編)、光広は『耳底記』を残すが、いずれも師(幽斎)から教えられたことの記録という意味合いの書である。地下人に歌道を教えて、その地下人による書留記録が残るのは、後水尾院後期歌壇の資慶、通茂、雅章などである。

資慶は肥後宇土の大名細川行孝に教え、それが『烏丸亜相口伝』『続耳底記』として残り、通茂には『渓雲問答』、雅章には『尊師聞書』が残る。これらの書物は、近世初期の公家の和歌の在り方、考え方を当時の地下の人々に広め、また、現代に伝えているのである。

資慶にはさらに『資慶卿口授《くじゅ》』(『日本歌学大系六』)があり、その子息光雄にも『光雄卿口授《くじゅ》』(同)があることを記しておかなければならない。

「口授」とは口伝えのことである。二つの書は合体された形で伝わり、だれによる筆録か長く不明であったが、樋口芳麻呂氏の研究「資慶卿口授・光雄卿口授の筆録者について」により、俳人岡西惟中《おかにしいちゅう》の筆録と判明した。惟中は寛文六年（一六六六）八月に資慶門人となり（惟中二十八歳）、教えを受けて筆録したが、寛文九年に資慶が薨去。その後は談林俳諧の西山宗因に師事した。しかし、天和三年（一六八三）に資慶の子息光雄に入門し、元禄三年（一六九〇）十月光雄が四十四歳で没するまで、八年間熱心に歌道に精進したのである。

『資慶卿口授』の始めに「歌は本来心が作るものなので、ただ安らかに一首の歌の表面で歌意が読者に伝わるように詠むべきである。したがって、相手に理解できることとできないこととの境界を常に意識して、とにかく読者が理解しやすいように詠むべきである。これが歌道第一の心得である」とある。これは『烏丸亜相口伝』にも記される教えである。つぎに作例批評があり、

咲くままに花の香つづく芳野山分け入るほどの春ぞ少なき

（訳、桜が咲くにつれて花の香りが続く芳野山では、分け入るほどに春が少ない）

の歌に対して、「この歌の、花の香つづくの言葉は適当ではない。香りは形が決まってあるものではないから、空に満ちるとか空に覆うなどのように歌うべきである。香のつづくとは言うべきではない。そのうえ、歌の上下の釣り合いがよろしくない」とある。上句では花の香にあふれる芳野山を歌い、下句では春がそれほど深く感じられないと歌うのだから、釣り合いが良

くないといえよう。それを批判すると思われる。現象の正確な表現と、上下句の釣り合いの良さは、歌の意味をわかりやすくするものだろう。

『光雄卿口授』にも資慶のこの考えを受け継いだ記述が見られる。「歌をうまく詠もうと思うのは良くない。ただ充分読者に歌意が伝わるように詠むべきと心得なさい。上手に詠もうと思うのは歌よみにとって毒になります。慎んでよく守るべき事です」とし、後水尾院の「毎年愛梅」（毎年梅を愛す）題の歌を模範としてあげている。

去年《こぞ》よりも今年はまさる色香ぞと幾度か見る庭の梅がえ

（訳、去年より今年が勝っている色香だなあと、いくたびも眺めてしまう庭の梅の枝です）

「この歌は意味がよくわかって、歌われている道理も尤もであると思われる歌です。人々はこの御歌をさほど評価しないが、深く考えて、この御歌を手本とすべきです」とする。

第46節　烏丸資慶と偽書

『資慶卿消息』という歌論書がある。竹柏園（佐佐木信綱氏）蔵書を底本として久曾神昇《きゅうそじんひたく》氏が『日本歌学大系』に翻刻した。

消息というのは手紙を意味する語で、作者が手紙の形で弟子に与えたもので内容は歌学指導である。文末に「今泉殿へ」とあるが、誰を指すものか判明しない。翻刻にして二頁ほどの短い文章である。

冒頭に、「初学の人、和歌を習はむは、先ず志すところ選びて用意あらむものぞかし」（訳、初学の人が和歌を習おうとするなら、まず目的とするところを選んで、学ぶ用意をするべきである）とあるので、和歌の初学者に与える言葉である。歌おうとする精神に誠があれば天地を動かし鬼神を感動させ、人々を和らげる歌ができる、これを和歌の徳というと、『古今集』序に基づく精神論を述べ、定家の『詠歌大概』を引用して先達の趣に従って作歌することをすすめ、詩歌は賢人君子のもてあそびであるとして例を長く綴る。後半では初学者が参考とすべき書を記す。

しかし、この書は資慶作にしては少しそぐわない所があり、筆者は偽書ではないかと思うに至った。その理由は次の通りである。

①資慶の他の著書には見られないほど、漢詩人・漢籍の引用が多い。まず、本書の前半では「詩歌は、賢人君子の愛好するもので、英雄がこれを読んで志を述べるものだ」とするが、賢人君子の例として安倍仲麿、菅丞相（菅原道真）、都良香、野相公（小野篁）、冷泉為明、平《たいらの》忠度《ただのり》、行尊、西行、五柳先生（陶淵明）、蘇武、寒山、杜甫、李白、魯直（黄山谷）をあげる。漢詩作者の引用が多い。また、白楽天の「蘭省の花の時錦帳の下」の漢詩の引用もある。

後半は「初学の要」（初学者に必要なこと）として、藤原定家『詠歌大概』を規範とし、順徳院『八雲御抄』、藤原為家『詠歌一体』などの書名も引用するが、初学者は秀句・縁語を使おうとしないようにと注意するのに、『詩人六達』『呂氏童蒙訓』などの漢文を引用して示す。作者は漢文の知識を多く持つ漢詩作者であろうと推測される。

他方、資慶は『続耳底記』の中にも『礼記』『論語』『楊氏漢語抄』、陶淵明・杜牧の詩などを若干引用するが、全体として漢籍への言及は少ない。

②和歌の制作者としての具体的な視点が欠けている。たとえば『資慶卿口授』に記した「歌意が読者に伝わるように詠むべきである」というような本質的で重要な言及がない。

③定家の『詠歌大概』の引用を誤っている。「定家卿の云」として「情を古風に染め、詞を

先達に習う」と述べるが、これは『詠歌大概』の「情は新しきをもって先となし、詞は旧きを以て用ゆべし」の誤りであろう。傍線部が違う。資慶は『続耳底記』で、『詠歌大概』を参考書としてあげており、このような間違いはあり得ないと思われる。

④『国書総目録』によると、本書は『日本歌学大系』所載本のみの孤本で、源頼永編とある。編者は日野弘資の孫輝光の弟子であった遠山頼永らしいが、資慶との直接の関係は全く不明である。なお、頼永は歌人と思われ、本書の編者ではあるまい。

資慶には他に『烏丸資慶卿和歌式目二十五ケ条』という、偽書ではないかと思われる書がある。「歌は陰陽和合を本とす」などの神道的な思想がうかがえる表現がある。『資慶卿消息』には神道的な思想は見られないので、作者はまた別人であろうが、どちらも著名な資慶に仮託したものではなかろうか。

第47節　宮家の人達

後水尾院の宮廷の和歌を支えたのは宮家の人達でもあった。古く南北朝時代に北朝第三代崇光天皇の子、栄仁親王が開いたのが伏見宮家であるが、長く存続して、後水尾院の時代には慶長二年（一五九七）生まれの貞清親王が、歌会に活躍し、元和・寛永から承応期まで禁中の歌会行事に参加している。貞清親王は承応三年（一六五四）に薨去し、子息邦道親王も同年に薨去（『公卿補任』）、伏見宮家の活躍はしばらく中断する。

また、後水尾院の叔父にあたる智仁親王は、天正七年（一五七九）生。関白豊臣秀吉の養子となるが、のち、秀吉に実子が生まれたために破談となり、八条宮（のち桂宮）家を創立することとなった。親王は歌道に熱心で、徳川の武将でありながら歌道にも通じた細川幽斎に学び、三条西家より伝わった古今伝受を相伝し、それを寛永二年（一六二五）後水尾天皇に伝えた。智仁親王は寛永六年に五十一歳で薨去され、のち子息の中務卿智忠親王の活躍が見られる。二代にわたって桂離宮を造営。また多数の典籍を所蔵し桂宮本として宮内庁書陵部に保管される。

また、高松宮（のち有栖川宮）家は何度も絶えたのちに、大正天皇の時代に高松宮家として復活したが、祖は後陽成天皇第七皇子、後水尾院の弟にあたる好仁親王で寛永二年（一六二五）の創設であった。同十五年に好仁親王は三十六歳の若さで早世し子供がなかったため、高松宮家の活躍はしばらく途絶えたが、宮家には江戸初期の歌会関係資料が多く蒐集・保存され、現在は国立歴史民俗博物館に収納されている。

寛永期にはこの三つの宮家の活躍が目立つ。好仁親王が御会に出席するのは、寛永三年からで、七月七日の七夕御会には上記の三人の宮家が参席している。このとき御会資料には後水尾天皇御製、関白左大臣近衛信尋に続いて、智仁親王、貞清親王、好仁親王の序列で和歌が載る。この歌会の歌題は「七夕硯」で、八条宮智仁親王（四十八歳）の歌は、

言の葉の手向けやせまし今夜あふ星をひたせる硯ならして

（訳、和歌を七夕の星へお供えするのがよいだろうか。今夜出会う二星の光を映した硯を鳴らして歌を書いて）

伏見宮貞清親王（三十歳）の歌は、

七夕に硯の水を尽くしつつ手向くる梶の露の言の葉

（訳、七夕の星へ、硯の水を一杯にして歌を書き、お供えする梶の葉に記したわずかな歌よ）

好仁親王（二十四歳）は、

星のため硯ぞ鳴らす梶の葉に言の葉そへん秋は今日とて

（訳、七夕の星のために硯を鳴らして梶の葉に詞を書き添えよう。今日こそ秋だと思って）

「硯ならして」という言い方が筆者には面白く感じられたが、墨を擦る時に音が立つのを言う慣用句かと推測される。智仁親王の歌は手馴れた詠み方で、好仁親王の歌は初々しい。

智仁親王が寛永六年に薨去されたあと、同九年正月から子の智忠親王が後水尾院仙洞の御会に詠進している。御会始で、歌題が「水樹多佳趣」。「水辺の樹木が良い趣を多く備えている」という意味の難しい五字の歌題である。

影映す松の千年や契るらむ緑の洞の庭の池水

（訳、影を水面に映している松は、千年の栄えを約束するだろう。緑あふれた仙洞御所の庭の池水に）

智忠親王は当時二十四歳、仙洞御所を讃え正月らしくめでたい内容で上手に詠んだ。

第48節　良恕法親王

天皇家・宮家で、家を継がない末の子は、幼少時に寺に入り、得度を受けて僧となり、その後親王宣下《しんのうせんげ》（親王と称する許可）を受ける。この人達を法親王という。成長して妙法院、聖護院などの門跡寺院の門跡となる。家を継ぐ予定で親王としての宣下を受けたあとで、事情により寺に入って僧となった場合は、入道親王と呼ばれる（『国史大辞典』）。得度と宣下の時期の関係で呼称が変わるので、情報が不明確の場合は資料により呼び方が違うことも多い。その煩瑣と不正確さを払拭するためか『国書人名辞典』では、区別を略し、すべて「親王」の名称に固定化している。しかし、これでは僧侶と宮家の親王との区別が判別し難い。

法親王、入道親王達は宮中御会に歌を詠進して、その重要な構成員であった。後陽成天皇の弟、良恕法親王は曼殊院の門跡（竹の内門跡とも呼ばれる）で、智仁親王らと共に元和から寛永にかけての後水尾天皇歌壇を支えた歌人である。和歌に熱心な方であり、元和四年（一六一八）から寛永六年（一六二九）ころにかけて、毎月曼殊院で法楽歌会を催し、若き日の中院通村らが和歌の修練を積んだ（『中院通村詠草』）。

寛永九年に後鳥羽院四百年忌のために前中納言水無瀬氏成が奏上し、隠岐に奉納した二十首和歌にも詠進している。後鳥羽院は鎌倉時代に『新古今集』を勅撰集に下命した天皇で、承久の乱を起こして敗れ、隠岐に流されて亡くなった。巻頭は後水尾院の御製で「早春」の題である。

雲霞海より出でて明けそむる隠岐の外山や春を知るらん

（訳、雲と霞がかかる海から太陽が出て明け始める隠岐の外山は春の到来を知るだろうか）

巻末は「神社」の題で良恕法親王が詠んだ。

隠岐の海の荒き波風しづかにと都の南《みなみ》宮造りせり

（訳、御廟所のある隠岐の海の荒い波風が、ここでは静かであるようにと、都の南に水無瀬神宮を造ったことだ）

これは、後鳥羽院の離宮のあった水無瀬の地に御影堂が建立され、室町期に水無瀬宮の神号を賜り水無瀬神宮となったことを歌う。

寛永十五年、後鳥羽院の四百年正忌には、水無瀬氏成は百首の法楽和歌を勧進し水無瀬神宮に奉納した。このときの後水尾院の歌は「初春」題。

夕べはと見しを幾代の光にて霞そめたる春の山本

（訳、後鳥羽院が春の夕べの景色が素晴らしいと見て詠まれた歌の景色を幾代の光として、今再び春となりかすみ始めた春の山麓の素晴らしさよ）

良恕法親王の歌は「河」題。

宮居せしその名も世々に水無瀬川流れて絶えぬ水の色かな

（訳、神として鎮座された水無瀬の名も世々に見て伝えてきた、水無瀬川の流れて絶えない水の色よ）

「水無瀬」に「見る」の掛詞を用いている。この時は、六十五歳の良恕法親王の他に、法嗣の良尚入道親王（十六歳）も詠進した。良尚は八条宮智仁親王の次男で寛永十一年（一六三四）八月親王宣下、九月得度を受けた入道親王である（『国史大事典』）。「月」の題を詠んだ。

くもりなき月を水無瀬の山のはに昔の秋の影ぞ残れる

（訳、曇りない月を水無瀬の山の端に見て、昔の秋の光が残るようだ）

水無瀬・見るの掛詞を用いて、素直な若々しい歌い方であろう。良恕法親王は寛永二十年に亡くなるが、良尚入道親王は曼殊院中興の祖として活躍され、元禄六年（一六九四）年まで生きた。

第49節　古今伝受と法親王

後水尾院は兄弟が多く法親王となり宮中歌会に歌を詠進する人も多く、この時代の宮廷和歌を支えたが、その中でとくに、院より古今伝受を受けた堯然法親王・道晃法親王に触れたい。

堯然法親王は慶長七年（一六〇二）年生まれで後陽成天皇の第六皇子。後水尾院の六歳年下である。『国史大辞典』には入道親王とあるが、『日本史総覧』に従い法親王とする。妙法院門跡になった。寛永二年二十四歳で禁中の御会始に詠進して「水石契久」（水石《すいせき》契り久し。水が石を育てる約束をして久しい）を詠んだ。その歌は、

万代も住むべき君がためしとや岩根こけむす春の池みづ

（訳、万年も大君が住むはずの先例として、岩の根元が長年を経て苔むしている春の池の水よ）

この時の後水尾院の歌は、

天《あめ》の下めぐむ心もゆく水の守るてふ石をためしにやせむ

（訳、天下に恵みをもたらす天皇としての心も、流れる水が守って大きく育てるという石を先例としたらよかろうか）

寛永三年（一六二六）徳川秀忠の招待で天皇が二条城に行幸され歌会があった時にも歌を詠進。寛永五年徳川家康の十三回忌二十八品和歌に詠進。寛永九年・十年には後水尾院仙洞で行われていた聖廟法楽の詩歌歌会に詠進した。寛永十四年院での着到百首詠進に参加。寛永十五年水無瀬氏成の勧進による後鳥羽院四百年忌百首に詠進。寛永十六年仙洞三十六番歌合に参加。寛永十七年に徳川家康の二十五回忌の二十八品和歌も詠進している。後光明天皇が寛永二十年に即位し、正保年間になってからも、禁裏・仙洞歌会によく参加している。

道晃法親王は慶長十七年（一六一二）誕生。後陽成天皇の第十三皇子。聖護院門跡。和歌に熱心な方で、寛永五年十七歳の若さで禁中御会始に詠進した。その歌は「鶯入新年語」（鶯新年の語に入る）の題で、

鶯の声聞くからに新玉の春の心ののどけさぞ添ふ

（訳、鶯の声を聞くやいなや春の長閑な心が添うことだ）

と難しい文章題を読みこなしている。なお、このときの後水尾院の御製は、

宮人の同じ心に新しき春を訪ひくる鶯の声

（訳、宮中に仕える人と同じ気持ちで新しい春を尋ね来る鶯の声だよ）

道晃法親王も寛永五年以降、堯然法親王と同じ歌会に詠進しているが、寛永十六年の仙洞三

十六番歌合には、良恕と堯然の二名の法親王が参加したので人数の制約により参加できなかった。しかし、若い道晃は慶安五年（一六五二）二月から十一月に中院通村を点者として行われた仙洞月次御会に全出席している。また、翌承応二年（一六五三）六月からの、参加者が互いに批評しあう形式の『承応二年褒貶和歌』にも参加して研鑽を積んだ。そして、明暦三年（一六五七）に堯然法親王、岩倉具起、飛鳥井雅章と共に院より古今伝受を受けたのである。

この時の『古今集聞書』が宮内庁書陵部蔵東山文庫本に残っているが、道晃法親王が記したものである（他には雅章の聞書が残る）。

寛文四年（一六六四）第二次の古今伝受が後西上皇らを対象として行われた時、道晃法親王は雅章と共に隣室で陪聴し、『古今集講義陪聴御日記』を記した。後年には明暦聞書と寛文聞書を合体させた『後水尾院古今集御抄』の祖本を作成したと考えられる。道晃法親王は院の『古今集』の講義を後世に残すことに力を注いだ。

第50節　後鳥羽院四百年忌和歌

鎌倉時代に『新古今集』の勅撰を命じた後鳥羽院を祀る神社が水無瀬神宮である。水無瀬は摂津国（大阪府）三島郡にあり、後鳥羽院の離宮であった。その地を臣下の藤原信成・親成父子が拝領して御影堂を営み、それが後に水無瀬神宮となった。信成は水無瀬氏を称し、その後も代々宮廷に仕え、後水尾院の時代には水無瀬氏成・兼俊・氏信などが和歌御会で活躍している。

後鳥羽院の四百年忌が寛永十五年（一六三八）に当たるが、そのために特別の歌会が開かれた。一つは水無瀬氏成が隠岐の後鳥羽院御廟所の参詣を企画したのである。寛永九年のことであった。水無瀬家には英兼に子がなく、歌道の家として有名な三条西家から公条の子兼成が養子に入り、氏成が元亀二年（一五七二）に出生する。氏成は慶長十八年（一六一三）に参議となり、寛永四年五十七歳で権中納言に昇る。寛永九年には六十二歳であり、四百年正忌より六年も早かったのだが、御廟所を参詣したのは、年齢的な問題であったかと推測される。この時氏成は後水尾院に奉納のための御歌を願い出て、公家達とあわせて二十首和歌が詠まれ、その和歌とともに、当時の明正天皇より進献された太刀と馬を伴って、はるばる隠岐の御廟所を訪れ奉納した。

そのとき氏成は、一人で詠んだ十五首和歌も奉納しているが、その序文には次のようにある。

「隠岐の国の後鳥羽太上皇の御遺跡がどのようであるかと見申しあげたい心を道案内として、千里の道をも出で立って足下に巡らし、徒歩と船旅とによって参着した。見渡すより浦も山もはるばると世間離れしていて、絵に描きたいようで言葉では言い表しようもない。すぐに近くに来ていた僧侶に案内してもらい御墓を拝んだ。しばらく経文を唱えて、長年の本願がかなったと思うと、流れ落ちる涙を何に包むこともできない。明正天皇が祈りのための太刀、馬を進献されたので、後水尾院の御歌をはじめ、いずれも奉納した（略）」と記している。この時の氏成十五首の中には次のような歌がある。

いにしへを思ひやりても身を焼くは隠岐の小嶋の明け暮れの空

（訳、後鳥羽院の昔を思いやっても身を焼いて恋しく慕われるのは隠岐の小嶋の明け暮れの空だ）

後鳥羽院を祀ることが仕事だが、遠隔地のため隠岐の御廟所に参詣することはない、水無瀬家の当主としての感慨が想像される。

奉納二十首の氏成の歌は歌題「庭初雪」、

降りそめしあしたに見ばやおのづから隠岐の小嶋を庭の白雪

（訳、雪が降り始めた朝におのずと見たいものだ、隠岐の小嶋の庭の白雪を）

歌題が冬なので白雪を詠んでいるが、隠岐への気持ちが示されていると思う。この二十首中で上手だと思うのは中院通村の歌である。題は「春月」で、

思ひやる波路悲しき隠岐の海の昔も遠くかすむ月影

（訳、隠岐への波路を思いやると悲しく感じられる。隠岐の海の昔のことも遠くなったが、その昔も今も霞んでいる春の月の光よ）

隠岐で亡くなられた後鳥羽院を追悼する気持ちが籠っていると思う。そしてまた、寛永十五年（一六三八）には氏成は百首歌法楽を企画し、この時は水無瀬神宮に奉納した。

第51節　宮中での法楽和歌

後水尾院時代には、水無瀬神宮に手向ける水無瀬法楽と北野天満宮に手向ける聖廟法楽が宮中で毎年行われていた。後鳥羽院忌にあたる、二月二十二日について『日次紀事《ひなみ》』には次のような記述がある。

「二月二十二日には禁中で法楽が有り、水無瀬の廟にても又行われる。後鳥羽の上皇がかって上賀茂社司、松下能成の宅に潜幸し、蹴鞠を催された。鞠場に帝がお手植えになった楓が有り、今に至るまで根株がある。帝が隠岐に行かれる日、懐胎の官女を松下某に賜り、男子を産んだ。元服して氏久と名乗り、松下家を継承した。ゆえに帝の肖像画と賛とお手紙数通が有り、その内に氏久元服の事を記した文体は読むと哀憐を催し、これを読んで涙を落とさない者はいない。毎年この日御忌を修し宸影を拝む（略）」などと記されている。

後水尾天皇が慶長十六年（一六一一）に即位されて、二年後の同十八年からこの日に水無瀬法楽御会が開催され、天皇と公家で二十首が詠まれている。

後水尾天皇が書いた『後水尾院当時年中行事』によると「二十二日水無瀬宮の御法楽あり。

一夜御神事なり」。これは前日の夜天皇が行水を浴びて身を清めるのである。さらに「御行水の後、月の障りの人御所に参らず。局《つぼね》には候するものなり」とある。中世以来、血の汚れは死に繋がるものとして、忌まれ恐れられた。月の障りにある女性は天皇の住まいには行かなかったが、女官の部屋には出勤するのであった。当然、法楽和歌御会に関連した仕事からは外されたであろう。

歌会のやり方としては、兼日題（四五日以前に題を配るもの）と、当座題（当日に歌題を示され詠むもの）と両様があり院の時代の法楽和歌では兼日題が多かった。兼日題の場合は、指名された題を配布された公家達は、詠んだ歌を短冊に清書し、その短冊を小高檀紙一枚を縦に二つに折った紙に包み込み、上下の余りをおし折り、柳筥《やないばこ》に据えて、紅白の水引で結んで札をつけて宮中に提出する作法であった。札には「水無瀬宮御法楽、来る二十二日」、このように記す定めだった。

御法楽の当日には、女官が公家達から詠進された短冊を取り集め、順序に重ねて硯の蓋に据えて、宮中の常の御所の西の御座に置く。天皇は行水で身を清めてから、まず朝の礼拝を行い、次に直衣の姿のままで西の御坐に着座し、水無瀬宮の方に向かって歌を詠み上げる。微音で外へきこえないほどの声である、と記す。

当座歌会の場合は、公家達が参上して、常の歌会のように、その場で歌を詠進し披講が行われたのであろう。

また、北野天満宮に祀られる菅原道真は延喜三年（九〇三）二月二十五日に左遷先の太宰府で没した。『日次紀事《ひなみきじ》』によると二月二十五日について「禁中に聖廟法楽の和歌御会がある。六月にもまた行う。今夜は西の京で御供田を預かる家は大小の御供物を北野社に献ず。宮司の老少が相向かって並んで立ち、弊殿《へいでん》より神前の階下に至って、手ごとに是を伝える。宮司の一老と巫女文子《あやこ》とおのおの直ちにこれを取って神前に供える。手供という。又転供と称す。或いは菜種の御供と号す。供物の上に黄菜花を挿す。ゆえにこのようにいう。或いは年によっては菜の花がまだ開かない時には梅の花を挿す」と記す。

『後水尾院年中行事』には、「御神事以下水無瀬宮御法楽に同じ。短冊の札は『聖廟法楽、来る二十五日』、この定めなり」とある。天皇と公家により三十首または五十首の和歌が詠まれた。

なお道真は承和十二年（八四五）六月二十五日が生誕の日であり、宮中ではこの日にも聖廟法楽御会が行われた。

第52節　院とその初期の漢詩

後水尾天皇は漢詩を多く作るが、それは譲位された後に勉強したものと考えられる。慶長十六年（一六一一）十六歳で即位後、寛永六年（一六二九）に明正天皇に譲位されるまで、禁中の御会は和歌が中心であった。天皇時代の御会集をひもとくと、漢詩も詠む詩歌御会は、元和八年（一六二二）九月十三夜、寛永四年九月十一日、同年九月十三夜、寛永六年八月十五夜の四回ばかりである。

元和八年九月十三夜は嶺上月から寄月祝言まで月二十題である。後水尾天皇の他、三条西実条など公家八名が和歌を担当し、公家の土御門泰重と相国寺の雪岑梵崟ら僧侶三名が漢詩を担当した。天皇は漢詩は詠まず和歌二首を詠んだ。

寛永期からは、天皇は漢詩も詠んだ。寛永四年九月十一日に、その場で題を与えられて詠む当座会が行われた。秋二十、恋五、雑五の三十題で、天皇・好仁親王の他、近衛信尋など公家九名が和歌を担当、公家の泰重、平松時興（時庸）、相国寺僧の梵崟が漢詩を担当した。御会集では天皇の歌は無記名になるので確認はできないのだが、無記名の漢詩一首があり天皇作と思われる。天皇の和歌も無記名だが、『後水尾院御集』によって確認でき、天皇は和歌二首を詠んでいる。

天皇の宮中歌会での始めての漢詩詠は、「初紅葉」で、

秋来資始一林涯、紅葉ハ駐メレ車ヲ忘ルニ日移ルヲ一、青女慇懃ニ如シニ織リ得タル一、新裁ノ楓錦ハ掛カルニ高キ枝ニ一

（訳、秋が来て林の辺りを秋の色に染め始める。紅葉は美しくて車を止めさせ時の経つのを忘れさせる。霜の女神が丁寧に錦を織り得たようで、新しく裁った楓の錦が高い枝に掛かる）

なお、この詩を『禁中御会和歌』では泰重作とするが、この十一日の会は十三日の会の予行と思われ、天皇は漢詩を詠んでいると推測する。句のつながりがやや稚拙で初心者らしさが窺われる。

つづいて寛永四年九月十三夜には月五十題で当座会が行われ、天皇・智仁親王の他、通村ら公家六名が和歌を担当。公家の泰重・時興・相国寺の梵崟ら僧侶十名に、地下の風流人佐野紹益が加わり、漢詩を担当した。漢詩は二十四首が詠まれた。天皇は和歌三首と漢詩一首を詠んだ（『禁中和歌御会』ではこの詩の作者を建仁寺の僧慈稽とするが、『内裏御会和歌』では無記名。僧侶はみな二首詠むが、慈稽だけ一首多いので、この詩を天皇詠と推測する）。

天皇の漢詩は、「草庵月」で、

月翳リ山頭更ニ似ルレ虧《か》クニ一、茆檐《ぼうえん》捲キレ箔ヲ待ツ二其ノ遅キヲ一、草堂子美望郷切ナリ、想像ス二閨中ニ独リ看ル時ヲ一

（訳、月に雲が懸かり山の頂が欠けたのと似ている。茅葺きの軒先では簾を巻き上げて月の出を待つが遅い。草堂での子美の望郷の思いは切実で、その妻が鄜州で独り月を看ることを想像した）

有名な子美（杜甫）を登場させ、第四句はその作「月夜」を引くが唐突である。

寛永六年（一六二九）八月十五夜には月二十題で天皇・好仁親王・公家六名が和歌担当、公家の泰重・鷹司教平、梵崟と東福寺僧光勝が漢詩担当。天皇は和歌・漢詩を各一首詠んだ（『後水尾天皇実録』所引『泰重卿記』）。漢詩は「待月」で、

賞心楽事在リ二中秋ニ一、招テレ月ヲ登臨十二楼、今夜一輪相待ッ外、高明満座又何ヲカ求ン

（訳、心から楽しいことが八月にある。月を眺めるために十二楼に登る。今夜満月を待つ以外に、高くて明るい部屋に一杯の人々は何を求めるものがあろうか。求めるものは満月ばかりである）

無理のない詠みぶりであるが、院の漢詩の勉強は実は寛永八年から始まるのである。

第53節　院の漢詩の修練

後水尾院は寛永六年末に譲位し、妻の東福門院の御所に身を寄せるが、寛永七年末新しい仙洞御所が完成、寛永八年より和歌活動を再開する。そして、寛永八年二月より聖廟法楽が月例で行われるようになる。上皇となってはじめての聖廟法楽はそれまでと大いに違っている。第一には和歌と漢詩が詠まれる詩歌御会であること。詠進者二十五名の半数は漢詩作者で五山の僧侶が大半を占めた。一人二作、全体として五十首。後水尾院は和歌と漢詩を各一首詠んだ。この御会の目的は漢詩の修練であったと思われる。第二にはこの法楽和歌は従来、年二回の開催であったものが毎月開催となったこと。後水尾院が漢詩の制作に本腰を入れたことを物語るだろう。

院の側近であった飛鳥井雅章が後年口述した『尊師聞書』九七項に、次の記述があり、興味深い。「法皇（後水尾院）何事のお稽古も三年づゝ昼夜勉強あそばさるゝなり。たとへば、儒学三年、仏学三年、歌学三年、御手習い三年、著述三年、管紘三年などなり。いづれも御堪能なれども、御歌の道に今をこたらせたまはぬとの御事なり」。

院は何事のお稽古でも三年ずつ昼夜通して勉強される。儒学を三年、仏教を三年、歌学を三年、書道を三年、著述を三年、管絃の楽器を三年などで、いずれも上達されたが、和歌の道は今も怠らず勉強されているという。

院は寛永二年（一六二五）智仁親王より古今伝受を受ける前に、元和八年（一六二二）より三年間、三師の会（三条西実条、烏丸光広、中院通村の各々と稽古御会を開催したこと）で勉強をしており、『尊師聞書』にいう「歌学」にあたり、寛永八年から三年間、月例の聖廟法楽和歌で、漢詩を作ったのが「儒学」の勉強にあたるのだろう。

この聖廟法楽は寛永十一年三月まで三年二ヶ月の間、毎月二十五日に仙洞御所で開催。寛永八年十二回、寛永九年十回、寛永十年十二回、寛永十一年二回と計三十六回行われ、院はすべてに出詠した。公家の中にも漢詩の得意な者はいて、土御門泰重、鷹司教平、姉小路公景などが担当した。漢詩と和歌を各一首制作したのは、院の他には、下冷泉為景、水無瀬氏成、平松時庸（時興）である。

この勉強の初回、寛永八年二月二十五日の天皇の漢詩は「梅」の題で、

此ノ神此ノ處本同レス塵《アト》ヲ、遺愛千年花正ニ新シ、二月江南零落シ尽ク、争カ如ン二北野晩梅ノ春一ニ

（堀川貴司訳、天神は中国に渡って禅を学んできたが、もとの天神の姿のままでここにいる。愛し

た梅は千年経った今もなお毎年花を咲かせている。渡った先の江南では二月にはもう梅が散ってしまうから、命日の二月二十五日にこうやって咲いている日本の梅のほうが、天神を祀るのにふさわしい）

である。「塵」をアトと詠ませるなど、少し無理が感じられる。

修練の後、三年後の寛永十一年三月の院の漢詩は次のようである。「花雪」の題で、

爛漫《タル》花《ハ》如二瓊屑《ノ》鮮一《キカ》、須臾落去暴風《ノ》前、林頭消盡《セハ》満二《ツ》林下一《ニ》、景《ハ》勝二《レリ》湘江暮雪《ノ》天一

（訳、咲き乱れている桜花は宝玉のかけらのようで鮮やかだが、暴風の前ではわずかな間に散ってしまう。林の梢から消え尽くすと林の足下に満ちる。その風景は中国の瀟湘八景の「江天暮雪」の景色に勝る）

自然で巧みな読みぶりで、上達が窺えるのではないか。

第54節　兼日題の歌と添削

宮中の和歌御会などに公家たちが歌を提出する場合、師または上席者の添削を受けるのが普通である。兼日題、すなわち、あらかじめ歌題が告げられている歌会の場合、添削はどの時点で誰によるのか例をあげ示したい。

正月の禁中の御会始は兼日題の歌会である。元和五年（一六一九）正月十九日の御会始について大納言日野資勝『凉源院殿御記』によると、十七日に御会始のお触れがあり御題「花有喜色」（花に喜びの色あり）が知らされた。

十八日に「午刻時分、禁裏御会始の愚詠、談合に中院（通村）（へ）遣わす。年頭に濃州紙五束遣し候なり」とあるので、資勝は十八日の正午頃に中院通村へ提出歌の出来映えを見て貰い添削を乞うために届けた。年頭の贈り物として美濃紙五束を添えた。通村は三十二歳と若いが天皇の師であり、資勝も同じく歌の師としたことが窺われる。また資勝はこの夜歌道の家柄で有名な冷泉（為満）宅にも諸白《もろはく》（上等の酒）一樽を持って訪問し歌を相談した。複数の師を頼んだことがわかる。

十九日には「今朝懐紙清書候なり。（略）午刻に御会始に参内。秉燭《へいしょく》（夕方火ともしころ）以前に始まりて披講の中に燭をとるなり」とあり、資勝は御会始の当日朝に提出歌を清書して、正午には参内した。『後水尾院当時年中行事』によると御会始では一般に公家は夕方参集するようであるから、資勝が正午に参内したのは懐紙を届けるためであったかもしれない。提出された皆の歌は、歌会が始まると披講《ひこう》（歌を読み上げる儀式）が行われ、次々と披講が続く中に日没となり部屋に火が灯されたのである。読師（指南役）は内大臣広橋兼勝、講師（読み上げ役）は蔵人弁烏丸光賢、発声は四辻中納言季継、講頌（唱和する役）は大納言三条西実条等で、大納言である日野資勝も参加している。摂関家の人達、宮家の人達は不参であった。天皇が入御（退出）されてから酒がふるまわれ、おのおの退出したと記される。この時の資勝の歌は、歌題「花有喜色」を次のように詠んでいる。

君が代の幸あるときの春にあひて花も今年や光そふらむ

（訳、天皇が栄え幸せな時代の春に会い花も今年は光を添えるだろう）

元和元年に大阪夏の陣で戦争が終結したが、元和三年八月には先帝後陽成院が崩御、元和五年正月は喪が明けたので、その喜びを歌っている。

二年後の元和七年正月十九日御会始についても『凉源院殿御記』によると、前日に通村に諸白と二首の詠草を届け秀歌に点を付け返された。

その歌は歌題「対亀争齢」（長寿の亀に対して年齢を争う）である。

池水のにごりなき世にすむかめのよはひは君が春にかぞへん

（訳、にごりのない池水に住む亀の齢は濁りのない世をお作りになる大君の春と同じ数だ）

当日の朝、資勝方へ冷泉為頼より歌の相談が来た。元和五年（一六一九）に資勝が歌を相談した冷泉為満はその年二月に急死し、元和七年には子為頼が資勝に歌の指導を仰いだ。題は同じく「対亀争齢」、

君ならで誰かかぞへん万代の春もみどりの亀の齢《よはひ》を

（訳、長寿の大君の外には誰が数えましょうか。万代の春にも見る緑色の亀の年齢を）

亀の長寿を天皇の長寿に掛けて寿いでいる。

資勝はこの歌の「も」を「に」に直して返した。この年為頼は左中将三十歳、資勝は権大納言四十三歳。実績ある歌道の指導者以外に身分の上位者が師とされたことを示す。歌会の前日や当日に添削指導が行われた。

第55節　当座題の歌と添削

当座歌会では、当座題といってその日その場で題を告げられて歌を詠む。この場合の添削はどのように行われたのか。

後水尾院の父後陽成天皇のころ、慶長十年（一六〇五）九月に宮中で千首和歌御会があり、午前四時から午後十時までの間に、三十六人の天皇・公家たちで、千首の歌を詠む歌会が催された。

参加者の一人西洞院時慶の日記によると、一歌題を記した短冊が計千枚、春夏秋冬恋雑の六つに分類されて六つの硯蓋に盛られており、参加者はそれぞれの蓋から六題を探り取ってきて、まず六首作り、それを提出してから次の歌題を取ったとある。作るのが早い者は多くの歌数が詠める。

この日は全体で千首を詠むという目標があり、後陽成天皇は最多の五十七首、歌壇の指導者である中院素然・近衛信尹は五十五首など上位者は多数を詠んだ。上位者が忙しく下位者の歌の相談を受けることや添削がなかったらしい。「詠草をお目に懸けず、談合なしに広蓋に置いてきた」と記される。普段の当座歌会では上位者に相談し添削指導などがあったのである。

当座歌会はふつう少人数の内輪の会で行われる。後水尾天皇の治世となり、元和五年（一六一九）二月六日に行われた禁中稽古歌会（参加二十六名）の様子が大納言日野資勝の日記によってわかる。

宮中の月次歌会では月ごとに交互に一首出題（通り題という）と、構成された二十～三十首組題が出される。この日は院が飛鳥井雅胤に命じて一首題「春色浮水」（春の色水に浮かぶ）を出題させた。歌題は短冊に書いて清涼殿の上段の上がり口、敷居の際に掲示され、そこに重ねた硯と料紙が一ヶ所に置かれてあった。公家は各自座敷に着座し、右大臣近衛信尋、前関白九条忠栄、権大納言一条兼遐などには堀川中将が、公卿衆以下には非蔵人が役を勤めて硯や料紙を運び、歌が詠まれた。作った歌はいずれも上位者に見せて了承を得た。未刻（午前十時）に伺候した会で、灯火を灯す以前（四時頃か）に清書が済み、懐紙を和歌奉行に渡して退出した。夜に入って虎の間で饗応があった。夕方には作業がすんだが披講（読み上げ）はなく歌を作ることが中心作業の会であった。

また、同年三月六日の禁中稽古歌会は当座三十首題であった。「題は当座に仰せ出され、飛鳥井（雅胤）清書申さるるなり。春花二十首、恋五首、雑五首なり」とある。

題はその場で言い出され、飛鳥井雅胤がそれを一枚一枚の短冊の頭に清書した上で内容がわからないように折っておき、それを歌人たちが引くのである。歌題は御会集の記録によれば、初花・盛花・見花・折花・山花・谷花・岡花・野花・関花・里花・庭花・落花・花雲・花雪・花梢・花枝・花匂・花色・惜花・残花・忍恋・待恋・逢恋・別恋・怨恋・山家・田家・海路・述懐・祝言であった。参加者は二十一名で右大臣と前関白が三首ずつ、大納言の四名と歌道師匠の雅胤が二首ずつ、他は一首ずつの歌を詠んだ。午刻（昼十二時）に参内し未中刻（午後二時）に会が始まり、夜（午後六時すぎ）に入って短冊に歌を清書し提出することが終了した。昼にはちまきと酒の接待があり、夜は饗応があったが、この日も披講は行われていないので歌作りに集中したのであろう。一首題の会の時ほど時間的余裕がないだろうが、上位者の添削指導はあったと思われる。

当座歌会での添削指導はその場で上位者から受けて、歌を清書し提出したのである。

第56節　兼日題の当座における添削

曼殊院の良恕法親王が毎月曼殊院の御所で開催していた北野天満宮法楽歌会は兼日題一首の歌会であるが、その場での歌の指導も行われた。大納言日野資勝の日記によると元和五年（一六一九）正月二十五日の歌会に提出する歌のために、前日に資勝が歌の師の中院通村宅を訪問し相談して帰宅した。

二十五日には「竹門様（良恕法親王）へ伺公。詠草持参にて八条様（智仁親王）、竹門様へ御意を得、清書せしむるなり」とあり、資勝は前日通村の指導を受けた詠草を持参し、智仁親王と良恕法親王に見せて承認を得て、ある場合には添削を受け、清書をし直して提出したのである。良恕と智仁は兄弟で後水尾院の叔父にあたる。良恕は主催者で、智仁は細川幽斎から古今伝受を受けた実力者である。

この日の出席者は二十人程、中院通村は不参であった。この歌会では「御振舞（饗応）以後読み上げあり。北畠（親顕）なり。次いでまた御盃出づ」とあるので、おそらく参加者はみな資勝と同じように歌を二人に見せて清書したので、歌の提出にある程度時間がかかり、饗応があって、その後に歌の読み上げ（披講）があり、披講の講師が資慶の弟で北畠家に養子に行った親顕であった。そしてまた酒杯が出たと考えられる。

この歌会は毎月行われ、資勝の日記には元和五年二月二十五日の記事もあり「竹門様へ御法楽に伺公申候なり。詠草御意を得て、すなわち清書申し候なり。御振舞有り。その後読み上げ有り」とあるので、一月と同様にその場で良恕法親王の承認を得て清書し、饗応のあと披講があったのである。この日は智仁親王の参加はなく、中院通村が参加している。

中院通村の日記『後十輪院殿御記』の元和九年十二月二日（歌会は四日であった）に、日野資勝が竹門主御法楽に出す歌の指導を書き留めた記録が残る。題は「近恋」で資勝は三首を作った。第一首め、

かくつらき心はしらじ中々に遠きながらのちぎりなりせば

（訳、このように辛い心はわかるまい。近いのにかえって遠いままの約束ごとであるので）

第二首め、

ならべ住む宿りながらに睦言《むつごと》もまだ知らぬ身の思ひ苦しき

（訳、軒を並べてすむ家のままだが男女の語らいもまだ知らない身の恋の思いは苦しい）

そして第三首め、

声聞くも甲斐なかりけりつれなきは小簾《こす》の隔ての一重ながらに

（訳、声は聞こえてもあなたが薄情で甲斐がない。その薄情さといえば、隔てている簾が一重なように薄いのだ）

通村は三首それぞれに添削をほどこしたが（略）、この三首めは次のように添削した。語順を入れ替え、「つれなさ」を先にして恋人に訴える気持ちをわかりやすく強いものとした。

つれなさの心よりこそ甲斐なけれ小簾の隔ての一重ながらに

（訳、あなたという人の薄情な心ゆえに恋が成就しない。隔ての簾が一重で薄いように薄情なのだ）

そして、この歌に合点を付けて、詠進歌に選んだ。簾の比喩が評価されたものか。この歌会での記録はないが、この歌が提出されたと思われる。

良恕法親王の歌会では、兼日題を通知し、前もって歌を作らせるが、さらに当日に法親王の点検と承認（御意）を得て詠進歌とする。場合によってはその場での添削指導、清書書き直しをさせている。披講まで行われており、公家にとっての良い勉強会であったと思われる。

第57節　細川幽斎の狂歌

狂歌は歌会や連歌会で座興の言い捨てとして詠まれたもので、古く鎌倉時代の藤原定家のころから行われた。定家の日記『明月記』の建保三年（一二一五）の記事に見られるという。室町時代の連歌隆盛期には、作られる機会が多くなり、江戸初期には細川幽斎（号玄旨）なども狂歌を詠んだ。幽斎の狂歌が『新旧狂歌俳諧聞書』に載る。

「秀吉公御まへにてつゝ井のいとちやわんあやまりて五つにひきわりければ」（訳、秀吉公の御前で朝鮮産の抹茶茶碗を誤って五つに割ってしまったので）の詞書を付けて、

筒井筒五つに割れし井戸茶碗咎《とが》をば我が負ひにけらしな

（訳、五つのかけらに割れた抹茶茶碗ですから、私がその責めを負うのでしょう）

これは『伊勢物語』の「筒井つの井筒にかけし麻呂が丈《たけ》過ぎにけらしな妹見ざる間に」（訳、井戸の縁の高さで測っていた私の背丈も縁の高さを越えたでしょう、あなたを見ないでいる間に）のパロディで、「五つに割れし」は原歌の「井筒にかけし」を、「負ひにけらしな」は原歌の「過ぎにけらしな」をもじったものである。古典の有名歌をとっさに変えた手柄によって、茶碗を割っ

た罪は許されたことであろう。

また「関白秀次公御前にてくれがたにありのみを玄旨に下され一首所望ありければ」（訳、関白秀次公の前で夕方に梨を玄旨に下さり一首詠むように望まれたので）として次の狂歌がある。

毘沙門の御福《ごふく》のものとありの実は暗《くら》まぎれにて、むかで食ふなり

（訳、毘沙門天が下さる福である梨を暗さに紛れて皮も剝かずに食べました）

これは「連歌毘沙門」という当時の狂言の歌を取ったものである。その狂言は二人の男が鞍馬の毘沙門天の縁日に参籠したとき、ありの実（梨）をもらい、一人が「毘沙門の福ありの実と聞くからに」（訳、毘沙門の福がある梨と聞くので）と詠み、もう一人が「くらまぎれにてむかで食ひけり」（訳、暗さに紛れて皮を剝かずに食べました）と応じて詠むと、社殿が震動しこの歌を褒めて毘沙門天が現れたという内容である。「むかで」に毘沙門の使者である「百足」を掛詞にしている。秀次公が梨を下賜して歌を求めたのに対してとっさに狂言の歌を用いて返した。

また「ある時、鶴のはうてう所望ありけるに其折ふし、つるなかりければ、しらさぎをいたにのせてはうてうをそへいだしけるとなん」（訳、ある時鶴の庖丁の儀式を求められたが、ちょうどその折に鶴が手に入らなかったので白鷺をまな板にのせて庖丁を添えて出したという）の詞書で、

白鷺か何ぞと人の問ひし時鶴と答へてきえなまし物を

（訳、白鷺か何だろうかと人が尋ねた時、鶴と答えて消えてしまえばよかったなあ）

と詠んだ。この歌は『伊勢物語』の

白玉か何ぞと人の問ひし時露と答へて消えなましものを

（訳、白玉かしら何かしらと恋人が尋ねた時、白露だと答えて我が身は死んでしまえばよかったのに）

をもじって作っているのがあきらかである。原歌の「白玉」を「白鷺」に変え、原歌の「露」を「鶴」に変えて、あとは同文である。『伊勢物語』の歌は、恋人と引き裂かれた深い悲しみを表現した深刻な歌だが、狂歌の方はそれほど深刻ではない場面で、詞の取り替えがぴったりとはまっていて巧妙なので思わず笑ってしまう。

細川幽斎の狂歌は、『伊勢物語』などの古典の歌や、流行の狂言の歌を熟知していて作られたパロディである。巧みな模倣が笑いを呼んで、場の空気を和らげる力がある。聞いて理解するのにも古典などの知識がいるので、文学的な教養の高い人達の間で楽しまれたことであろう。

第58節　烏丸光広の狂歌

後水尾院の作った狂歌は知られていないが、後水尾院に歌の指導をした廷臣たち、烏丸光広、三条西実条などの狂歌は残っている。今回、狂歌集に載る歌を紹介しよう。

京都誓願寺の高僧で、笑話集『醒睡笑』の作者である安楽庵策伝とかわした烏丸光広の狂歌が、『安楽庵策伝ノート』に残されている。

策伝は光広に三種の菓子（羊羹、みづから、氷砂糖）を送るのに、その菓子の名（傍線部）を詠み込んで、次のような歌を作った。なお、「みづから」とは山椒を昆布で包んだ菓子の名前という。

言の葉をよう観ずればみづからは氷砂糖や道の暗さよ

（訳、教えの言葉をよく考えると自分は凍えた座頭、つまり盲人で道に暗いです）

光広の返事は

みづからの力を見せて羊羹に預かりけるも砂糖つぎのぶ

（訳、自分の力を見せて羊羹を貰いましたが砂糖はつぎに延ばして貰います）

最後は「佐藤継信」という義経四天王の名前を詠み込む。要は菓子の贈答に、意味はなんとか通じる程度で歌を綴り、もっぱら掛詞を詠み込む楽しさに遊んでいる様子が窺える。策伝の歌に光広も狂歌で答えている。

また光広から策伝に干《ほ》し飯《いひ》（今のアルファ米）に添えて贈った歌として、

　夕ま暮れ一筆書きてまいらする見まくほしいひとおもふばかりに

（訳、夕方一筆書いてさしあげます。あなたに会いたいと思うばかりに）

「見まくほし」（会いたいの意）と掛詞で「ほしいひ」を読み込む。策伝の返事は

　水ぐきのそのたよりさへかしこきにほしいひままにも眺めけるかな

（訳、美しい筆跡のおたよりさえ有り難いのに干し飯も頂戴して欲しいままにながめております）

策伝と光広の狂歌では、掛詞で物の名を詠み込み機知を競っている。

また『古今夷《ここんい》曲集《きょくしゅう》』には光広の次の狂歌が載る。「尾張のさかひ橋にて」として

　打わたす尾張の国のさかひばし是やにかはの継ぎめなるらん

（訳、尾張・三河の国境にかかるさかい橋は、二つの川のつなぎめで、膠で接着した橋の継ぎ目であろう）

この橋は尾張側半分は板橋で、三河側は土橋であったという。二川に膠（にかわ、接着剤）

の意味を掛けて接合を強調し、掛詞に遊んでいる。この狂歌の場合は、掛詞を発見し使用する喜びがあるかと思われる。仲間に見せる楽しさが感じられる。

また、「江戸にてはしとあしと赤き雁を送られける人の許へ返事に」（訳、江戸で嘴《くちばし》と脚《あし》とが赤い雁を送ってくれた人の許へ返事に）として

是も又都鳥とぞ申すべきはしとあしとの赤く見ゆれば

（訳、これもまた都鳥と言うべきでしょう。くちばしと脚が赤く見えるので）

『伊勢物語』九段東下りに「白き鳥のはしと脚と赤き、鴫《しぎ》の大きさなる」鳥が隅田川に遊んでいたという記述がある。業平がそれを見て、船頭に鳥の名を聞くと「都鳥」と答えたという。この鳥は現在「鷗」の一首であるユリカモメのことと解釈されている。

江戸に行ったとき、知り合いからくちばしと脚とが赤い雁を贈られた光広は、「これも都鳥と言うべきですね。くちばしと脚が赤く見えますから」とふざけて贈り主に言ってやったのである。この狂歌の場合は掛詞は使われておらず、相手の知識を問いかける知的な遊びとなっている。

第59節　松永貞徳の狂歌

松永貞徳は、近衛稙通と細川幽斎の弟子で江戸初期の俳諧の師匠である。豊臣秀吉の右筆を勤めた時期もあったが、のち京都で私塾を開き、古典や俳諧を庶民に教えた。貞門俳諧の宗匠として多くの弟子を生んだ。その貞徳の狂歌を紹介する。

狂歌を集めた『古今夷曲集』にまず春の歌としてあがるのは「霞」の題で、

むさそうできれいな物は歌人のくちにかかれる山のは霞

（訳、不潔そうだがきれいなものは、歌人が歌に詠む山の「はがすみ」である）

「はがすみ」は山の端の霞と、「歯がすみ」（歯に付着したかす）を掛けている。庶民の詞を取り入れて読むのが貞徳である。優雅なものと下品な物とを合わせ詠んでおかしさを狙うと思われる。

また「苗代」の題で、

みな口をよくよくまつれあきくれば人の命をつなぐ苗代

（訳、水の取り入れ口をよくよく祀り、縄の端を縫い留めなさい。収穫の秋が来れば人の命をつな

ぐ縄となる苗代なのだ）

「まつれ」（祀れ・纏れ）、「なわしろ」（縄・苗代）に掛詞を用いた言葉遊びだが、農耕という庶民的な素材が詠まれている。

また、「四月一日に魚屋の側を通って魚を多く洗っているのを見て」として

衣がへの今日しもわたをぬかるるは魚の腹もや卯月なるらん

（訳、衣更えの今日に、着物の綿を抜くように、魚がはらわたを抜かれるのは、魚の腹も卯月なのだろうか）

四月一日は衣更えの時期で、衣服の綿を抜いて、夏服に変わることを、魚が腸を抜かれることにからめた言葉遊びである。市井の風景から生まれた狂歌である。

また、「茗荷の子を西坂で売りに出したのを見て」として

あのくたら三百三文やまうくらん　わが立つ杣でみやうが売りつつ

（訳、あのくたらの歌にちなんで三百三文をもうけるだろうか。私のすむ山で茗荷を売って）

この狂歌は『新古今集』の歌を本歌としている。本歌は「あのくたら三藐三菩提の仏たち我が立つ杣に冥加あらせたまへ」（小学館旧全集本の訳、最上の知恵を持たれるみ仏たちよ、わたしの入り立つこの杣山に、冥加をお与えください）。

これは伝教大師が比叡山に根本中堂を設立するときの歌という。貞徳は「みょうが」に神仏の助力を意味する「冥加」と、食品の「茗荷」とを掛詞として尊い本歌をもじり、がらりと変えて庶民の銭勘定の歌にした。

また、「山雀の籠へ駒鳥を入れ替えたのをみて」として

山がらの籠へ入れかへかひにけり瓢箪からや出でしこま鳥

（訳、山がらの籠へ入れ替えて飼いました。瓢箪から出てきたような、このこま鳥を）

「瓢箪から駒が出る」という民間のことわざをもじった洒落であろう。

松永貞徳の狂歌は、掛詞を用いた言葉遊びが多く、庶民の日常に取材している点が特徴かと思う。上品なものを賤しいものに変えて面白さを醸し出している。貞徳は『新古今集』の歌を本歌取りするなど、高い文学的教養を身につけた人だが、大衆の感覚を押し通しているところに面白さがあろう。

第60節　半井卜養の狂歌

半井卜養《なからいぼくよう》は堺出身の医者で、晩年は江戸に移住して幕府の御番医師となり法眼《ほうげん》（中世・近世に、医師・画工・連歌師などに授けた位。法印に次ぐ）の位についた。江戸時代初期の狂歌師として高名である。『卜養狂歌集』（『狂歌大観』）という狂歌集が残っており、その序文に

ご存じのとおり、私の狂歌は、詠むようにと望まれたら即座に詠みますので、その時は興に乗っておかしいのですが、後でみれば、てにをはも違い、上の句を下に詠んでいるのもあります。しかし、今あらためて直しますのも、かえって口むつかしいので、言下に詠んだのだとわからせるために、そのまま書付けます。

人から望まれたらその時のひらめきで即座に詠むので、てにをは、すなわち文法的間違いや句の置き方の良くない点も後からは目立つ。しかし、その時すぐに詠んだことを大切にして、直したりせずにそのまま記録したというのである。一瞬のひらめき、頓智が喜ばれたのである。どういう狂歌かというと、詞書に「数寄屋造りの茶室に入ろうとしてにじり口で頭を打ち付けた時、また狂歌を詠めと言われたので」とある歌は、

この家はこぶし（辛夷・拳）の木にて作りけん　立てばつぶり（頭）をはり（張り・梁）の低さよ

（訳、この家は辛夷の木で作ったのだろうか。立てば拳で頭を張られるような梁の低さよ）

大名家などの茶室に招かれた時のことであろう。茶室の入り口は、客人の身分の上下を取り払う意味で、だれも頭を低くさげて入るように工夫され、小さな出入り口が作られており、にじり口という。これをくぐろうとして頭をぶつけた時、歌を詠めと言われたのである。実感を掛詞に籠めている。

また、別の歌で「稲葉美濃守より小袖の着物を頂きました時に美濃守の家紋が付いた衣でしたので」とある狂歌は、

給はりし御紋の小袖着ていなば（往なば・稲葉）みのさま（身の様・美濃様）よしと人や言ふらん

（訳、頂いた紋付きの小袖を着て外へ出たら、身の様子が素晴らしい、くださった稲葉美濃様は良い方と人が言うことでしょう）

稲葉美濃守は、春日局を祖母とする八万五千石の大名で小田原城主である。紋付きの小袖を何かのご褒美などで頂戴して、それを着て外出したところ、紋によって下賜した大名の名がわ

かるので、小袖の着物の様が良いし、くれた美濃様が良いと人が言うだろうと、感謝の気持ちを示して詠んでいる。

また、別に「久世大和守の屋敷で青銅の布袋《ほてい》の香炉が中国製か日本製かどちらであるかという鑑定がありました時に、例によって狂歌を詠めと切に責められて詠みました歌」と詞書にあるのは、

布袋どの真か贋かはしらねども常には腹にはい（はい〈承諾〉・灰）とひ（否〈拒否〉・火）閉ぢん

（訳、布袋様が唐物真作か贋作かは知りませんが、香炉ですので常に腹の中に灰と火を閉じており、はい真作とも、いいえ贋作とも言えましょう）

という狂歌である。この久世大和守も上総・下総の五万石の大名であった。

卜養は幕府の医者として大名家に出入りしており、そういう場で医業とは別に狂歌を詠まされたのである。即興的な言葉のひらめきによると思われる掛詞を使用した狂歌が喜ばれた。

第61節　三条西実条と武家の俳諧歌

江戸時代には、武家伝奏《てんそう》という公家の役職があり、ほぼ毎年勅使として関東に下向し、幕府からの奏請を朝廷につなぐ役割を果たした。その武家伝奏であった三条西実条は、江戸で接待役の武家との間で、俳諧歌を詠んでいる。古典の伝統的な発想による歌ではなく、掛詞により二重の意味をもたせた、いわゆる狂歌にあたるものだが、実条自身は「狂歌」とはいわず「俳諧を詠みかけた」とする。

三条西実条は後水尾院の歌道の師でもあり、初期歌壇の重要歌人である。その歌日記によると、寛永十二年（一六三五）亥年二月関東に下向した折、接待役の奉行の脇坂淡路守に会って、つぎのように詠みかけた。

勅使をばとしの酉ゐの二はしら淡路の神に又まかすらん

（訳、勅使である私実条を、酉と亥の二柱の神である淡路の神すなわち淡路守に又任すでしょう）

これは二年前の酉年の奉行が同じ人であったことによる。鳥居の二本の柱に言い掛け、淡路守に淡路神を掛けての狂歌だろう。また、三月三日の朝、桃の花につけて淡路守に次の歌を遣わした。

君ならで三月《やよひ》の三日《みか》にさく桃の三千《みち》とせ経《ふ》べき色をしるべき

（訳、あなたでなくては誰が、三月三日に咲く桃の花の三千年を経るという色を知るだろうか）

『拾遺集』の「三千年《みちとせ》になるてふ桃の今年より花さく春にあひにけるかな」（訳、三千年に一度成るという桃が今年から花を咲かせるめでたい春に会った事よ）という凡河内躬恒《おおしこうちのみつね》の歌を本歌として詠んだ。三千年に一度実が成る桃は、仙女の西王母にちなむ伝説に基づく。脇坂淡路守の母は参議西洞院時慶の娘であるため、淡路守も和歌に知識と造詣が深いものと考えられて詠まれただろう。淡路守は返歌として、

天の川きしべの桃やこれならん色香妙なる花の言の葉

（訳、天上の川の岸辺に生える桃がそれなのでしょう。色香が絶妙な花のような歌を頂戴しました）

と返した。公家の歌では三月に天の川を詠むことはないと思われ難点はあるが、一通り通じる歌を立派に詠んでいる。この贈答は狂歌とはいえないだろう。

また、三月十日庚申待《こうしんまち》のあった夜に淡路守より牡丹を送られ実条は

ふかみ草又手にうつりがのえ申《まう》すまじくも袖にしみつつ

（訳、深見草すなわち牡丹がまた手に移り香を残し、言い尽くせないほど袖にしみている）

淡路守の返歌は

から衣色ふかみ草うつりがのえ申すまじきや君があたりは

（訳、唐衣の色が深く牡丹の移り香の言うにいえない良い香りがしている。あなたの辺りには）

なお、庚申待《こうしんまち》は、庚申の夜、仏家では帝釈天および青面金剛を、神道では猿田彦を祀って、寝ないで徹夜する習俗。この贈答歌は、「庚申《かのえさる》」の語を歌に隠した言葉遊びである。淡路守の歌は、「唐衣」の語が、「着る・裁つ・裾」などに枕詞として掛かっていないのが気になるが、一応上手に返している。

また、三月十四日淡路守がちまきに飴を添えて実条に送ったので、実条は次のような俳諧歌を返した。

あら甘や五月にはやる篠《ささ》もちを飴しまきにし食ふてみるより

（訳、ああ甘いなあ。五月に流行る篠餅を飴にまいているな。食べてみると）

歌い方にしても、内容にしても、古典の歌の正統ではなく、語を伝統的に歌うというには外れていて、狂歌であろう。和歌の贈答が公家と武家との交流に大きな役割を果したと思われるが、親しい間では、狂歌もしばしば歌われたことがわかる。

第62節　三条西実条外《ほか》、公家の狂歌

三条西実条は慶長十九年（一六一四）二月武家伝奏として、はじめて江戸に下向した。そのときの和歌書留が残っており、俳諧体の歌が見られる。実条は若く二十七歳。

武州神戸《がうど》で、大きく焼けた火事の焼け跡を見て、橋をわたり帷子《かたびら》の宿に入ったとき、詠んだ歌、

　里の名のかうと焼くれば橋越えて着物や薄き帷子の宿

（訳、里の名の「かうと（神戸）」のように、こんなにも（火事で焼けたので）、橋を越えて、薄い着物という名の帷子の宿に入るよ）


神戸町は現在も残る地名で、西は保土ケ谷町、東は帷子町であるという。現在の神奈川県横浜市保土ケ谷地区にあたる。神戸と帷子の二つの地名を掛詞で楽しく歌っている。

また、ある所で素麺を食べたとき、汁が辛かったので、唇を休めながら人が戯れ歌をいい出したのに劣らず詠んだとして、

　一口はそろりとやれど又とだにわさびからしの汁は吸はれず

（訳、始めの一口はそろりとなんとか食べられるけれど、わさびからしの汁のように辛い汁だから、
またとは吸えない）

関西人の実条一行には、関東の素麺の汁は辛かったに違いなく、それを詠んだ。三条西家は中世の歌道の家柄で格式も高いが、御曹子が旅に出た気楽さから詠んだ狂歌だろう。

後水尾院は家臣に狩りで取った鳥の名を多く詠み込む狂歌を作らせたりはしたが、院自身の作品は残っていない。また、院の三人の師の中では中院通村の狂歌も残らない。

笑話作者の安楽庵策伝は、色々な人に品物に添えて狂歌等を送り、狂歌の返事を得た。烏丸光広との狂歌贈答を前（第58節）に紹介したが、通村との間では次のような贈答であった（『安楽庵策伝ノート』）。策伝は通村に紅葉に添えて次の歌を送った。

山高みゆかんとすれば足弱み及ばぬ色ぞ慕ふ紅葉々

（訳、山が高いので、見に行こうとしても足が弱く行き着けない山の紅葉の、手の届かない美しい
色を慕う紅葉の葉です）

「足弱み」は優雅ではないが、狂歌というほどでもなく、通村も普通の歌を返している。

時雨をもまたぬ紅葉の露霜も及ばぬ色をいかで染めけむ

（訳、時雨を待たないで色づいた紅葉の、露や霜も及ばない色を誰がどのように染めたのでしょう

か）

一般的に狂歌作品を残していない公家が多いと思われる。ひとつには後水尾院が詠まなかったからであろう。またたとえ詠むことがあっても、詠み捨てたものであろう。

その中で烏丸光広は一種型破りな人で、真実を突いた狂歌を歌い、感動的である。寛永十二年（一六三五）に伝奏より先に江戸に下った光広は品川で実条を迎え、慰問のため魚の鱸《すずき》を二匹送り、次の歌を送った。

何事も承《うけたまわ》れと使ひには鱸の二郎まゐらせにけり

（訳、あなたのどんな命令も受け入れるようにと使者として鱸二匹を遣わします）

この狂歌には、幕府が権力を背景として「何事も承れ」とばかりに要求を押しつけてくることの暗示があり、その仕事に向かう実条を慰労する気持ちが隠されている。実条の返歌は「何事も承れの使いとてうれしくきたる鱸三郎（本ノママ）」とほぼオウム返しで上手とはいえないが、光広の慰労は嬉しかったに違いない。狂歌が、正面からは口にできない事柄を伝える手段として有効であった。

第63節　僧侶の狂歌、雄長老

この時代の僧侶の狂歌作者として有名なのが京都五山のひとつ、臨済宗建仁寺の僧侶、英甫永雄（雄長老）である。『堀川百首題狂歌集』の中に、貞徳などと共に載り、中院通勝（也足軒《やそくけん》）が批評し合点（良い歌に付ける印）を付けている。「立春」の題で、

春の来るしるしを見せて神垣や三輪の杉針立つ霞かな

（訳、立春の気配をみせて、三輪明神の神垣に杉を針のようにみせて立つ霞よ）

通勝の批評は、「三輪の明神を立春の歌に思い寄せられたのは殊勝（ことにすぐれている）です。とくに杉針以下の歌の仕立て方は、言い様もなくすばらしい」とある。三輪明神の歌に、「私の家の門には杉が目印として立つ、それを尋ねて来い」という内容の古歌がある。三輪明神の社の辺りには杉が立っている。その杉が霞の海に埋もれて針のように立つ景色を詠み、「立つ」を掛詞に用いて、「立つ霞」によって立春を表している。また「霞」の題の歌に、

春毎に去年より物の見えぬ目は空にしられぬ霞なりけり

（訳、春が来るたびに去年よりものが見えなくなっている私の目は、空の霞のせいではない、かす

みのせいなのです）

通勝の批評は「空にしられぬ霞は老眼の趣です。最も感動します」である。空にしられぬ霞とは老眼のことと推測している。この時代に老眼が詠まれているなど、現代の私達にもなにか感動的である。また「柳」題で、

桜にはあらぬ春べをこきまぜて枝を垂れたるはこ柳かな

（訳、桜ではない、春の頃の花を取り混ぜて、花の枝を垂れさげている箱柳よ）

箱柳はヤナギ科の落葉高木で、ポプラと同属。四月頃、褐色の花穂を垂下するという。この歌は『古今集』の素性法師「見わたせば柳さくらをこきまぜて都ぞ春の錦なりける」（訳、風景を見渡すと柳と桜を取り混ぜて都は春の錦を呈している）の歌をもじるが、「桜にはあらぬ」と歌い出し、柳もふつうの柳ではなく、そびえ立つ箱柳を歌って、本歌とは関係のない世界を作り出している。

こうした一首の仕立て方そのものが狂歌の本体と言うべきだと通勝は褒め、初めの「桜にはあらぬ」に、最後の「はこ柳かな」が呼応した言い方となっていることと、詞の優艶さ（「こきまぜて」など『古今集』の歌の詞をそのまま用いたことか）を褒めている。そして通勝は長点（合点の中でも長く引いて、特にすぐれた秀歌に付ける印）を付けた。

また「若菜」題に

売りにくるほどをし問へば我が園の鶯菜とて音《ね》こそ高けれ

（訳、若菜を売りに来る時に値を尋ねると、自分の菜園で作った鶯菜だと言って、鶯の声の音が高いのにかこつけて高値に言います）

通勝の評は「残雪の頃の若菜は、ことに当国などにおいては、（値段の高さを）思い知らされることが多くあります」と肯定的に応じている。また「霧」の題では、

朝霧の霧のまがきの垣の本を通り行く人丸濡れにして

（訳、朝霧の霧がかかる籬の垣の下を通って行く人はすっかり丸ぬれになっている）

歌の内容では「朝霧」と「霧」、「籬」と「垣」が重なっており、霧に覆われて濡れることを歌っているだけであるが、「垣の本（柿本）」に「人丸」を詠み込んだ手柄である。

通勝の評は「和歌の先師柿本人丸の名を詠み出されました。歌のさまは幽玄（奥深く微妙なこと）ではありませんが、とりあえず合点（和歌などを批評して佳いものに、点・丸・鉤などの印を付すこと、またその印）をさしあげます」とする。柿本人丸を詠み込む点だけを褒めている。これも狂歌のひとつの在り方なのだろう。僧侶の歌は教養を土台にした詞遊びで詞使いが優雅である。

第64節　正月和歌御会始の作法

宮廷で年頭に行われる和歌の行事は、和歌御会始（今の歌会始）である。御会は天皇・上皇の主催される歌会の意味で、一年の始めの歌会ということになる。後水尾天皇の時代には毎年正月十九日に行われた。院の著作『後水尾院当時年中行事』には次のように記される。「十九日御会始がある。歌題が前もって兼日題として触れ出される。宮家の人へは、勾当内侍が奉書でもって知らせて差し上げる。（略）摂家、門跡、大臣などへは和歌の奉行から伝え申し上げる。その他は、和歌奉行が折り紙ひとつに書き連ねて、触れ知らせる」とある。

兼題といって前もって歌題を告知しており、公家たち参加者は、作成した歌をそれぞれ上級者に見せて添削を仰ぎ、提出歌を準備して、懐紙に歌題と歌を記して、宮中の勾当内侍の所に届ける。勾当内侍《こうとうのないし》は文書関係の秘書役にあたる女官である。また、その会ごとに、開催告知や提出歌の受け取りや、歌会の手配をする和歌奉行という役割の公家が任命された。

つづいて「秉燭《へいしょく》のころ、夕方の灯火を点ける時分に、皆が参集する。天皇は御襠《とう》（下袴）とお引き直衣と衵《あこめ》を重ねて着用される。清涼殿の北の方の正面の御座に天皇が着御され、宮家の人々、摂家が着座する。法親王など僧籍の人は遠慮して懐紙だけを提出して参加されない。次に読師が着座、それを待って講師が着座、次に発声が着座、次に講頌の衆とその他の人々が座に着く。披講が終って各々が退座する。次に天皇が清涼殿を出て、内にお入りになる。宮家、摂家たちが座を立って、常の御所に移り、一献が振舞われる。宮方や内々の摂家の人々は天皇のお相伴でその座に連なり、その他の人々は清涼殿で勧盃がある。謡《うたい》などを謡って賑やかである」と記す。

提出歌は披講と言って、皆の前で読み上げられ披露される。宮家、摂家、公家達の歌は身分順に文台に積み重ねられてあり、身分の低い人から読み上げられる。披講を行う読師《どくじ》（取り仕切る人）・講師《こうじ》（歌を読み上げる人）・発声《はっせい》（節を付けて読み上げる人）・講頌《こうしょう》（発声役に唱和して朗詠する複数の人）の人たちはあらかじめ指名されており、決められた席に順々に着座して披講が始まる。現在行われている歌会始でも、これらの人達が役割を果たしている。

そして、当時は披講が終った後に宴席が設けられ、天皇、宮家の人、摂家の人の一部は常御殿で、その他多数は清涼殿で酒の饗応があり、謡などが謡われ賑やかであった。

歌題は大体は歌道の家である飛鳥井家の当主が選ぶ。慶長十六年（一六一一）から十九年間続く後水尾天皇時代の和歌御会始の歌題は、寄道祝世（道に寄せて世を祝う）・松契多春（松に多春を契る）・鶯是万春友（鶯是れ万春の友）・幸逢泰平代（幸いに泰平の代に逢う）・柳先花緑（柳花に先だちて緑）・霞添山色（霞山色《さんしょく》を添う）・初春祝（初春《はつはる》の祝）・池水久澄（池の水久しく澄む）・花有喜色（花喜びの色有り）・鶯告春（鶯春を告ぐ）・対亀争齢（亀に対して齢《よわい》を争う）・毎山有春（山ごとに春有り）・梅交松芳（梅松を交じえて芳《かんば》し）・柳臨池水（柳池水に臨《のぞ》む）・水石契久（水石《すいせき》契り久し）・毎年愛梅（毎年梅を愛す）・初春松（初春の松）・鶯入新年語（鶯新年の語に入る）・多年翫梅（多年《たねん》梅を翫《もてあそ》ぶ）である。

「道に寄せて世を祝う」は後水尾天皇の即位の年の御会始であり、歌道に寄せて新天皇の世を祝う意であろう。

「幸いに泰平の代に逢う」は十一月に大阪冬の陣が起こる慶長十九年（一六一四）正月の歌題で東軍西軍の緊迫する状況にあって、戦争が起こらないことを願った歌題であったのではないかと想像される。この時、若き天皇は「四つの海の波の数々国民《くにたみ》を思ふにかなふ折ぞうれしき」（訳、四方の海に立つ荒波の数々が収まり、国民を思って平和が叶う時はうれしい）と詠んだ。

なお、歌題の読み方は『明題部類抄』『増補和歌明題部類』を参考とした。

第65節　和歌御会始の歌題の決定

和歌御会始の歌題は念を入れて決定された。元和元年（一六一五）から後水尾院の和歌の師であった中院通村の日記に、これについて興味深い記事があるので紹介したい。

元和二年正月十四日の『後十輪院殿御記』によると、「未上刻ばかり（午後二時ころ）に天皇からの勅書が（通村の家に）来た。折り紙に記され、封が閉じてあった。御会始の勅題のことであった」。御会始は正月十九日の予定で、勅題は天皇の出す歌題である。

「冷泉黄門（為満）は軽服で飛鳥井羽林（雅胤）は重服であったので、勅題となった」と注がある。重服《じゅうぶく》は父母の喪で一年間喪に服すること。軽服《きょうぶく》はそれ以外の親族の喪で期間が短い。飛鳥井雅胤は父雅庸が前年十二月に薨去したために喪中であり、喪中には禁裏へも出仕しない。為満も誰の死去かは不明だが喪中で、そこで後水尾天皇自身が題を選ぶことになった。

この記述によって、元和初年当時御会の題を決めるのが、飛鳥井家・冷泉家・天皇のいずれかであったことがわかる。飛鳥井家は『新古今集』時代の飛鳥井雅経から、また、冷泉家は藤原定家の孫にあたる冷泉為相から、歌道の家であり、代々廷臣として使えた。ただこの時代の冷泉家当主、為満は二十歳代で勅勘を受けて宮廷を離れ、勅免となって宮廷に再出仕するのは慶長三年（一五九八）四十歳の時だったので、この当時の冷泉家の出題は元和はじめころより資料に見られる。

元和二年（一六一六）の勅題は、正月八日に（通村へ）内々の相談があり、通村は御前で歌題五つを書いた。（天皇がそれを）式部卿宮（智仁親王）に相談したところ、「霞添山色」（霞が山の色を添える）「梅有佳色」（梅に佳色あり）の二つのうちが良いと言われ、どちらに決めるかをまた通村に尋ねてきたのである。

そこで通村は「霞なお然るべきか。なお、叡慮に過ぐべからず」（訳、霞がやはり宜しいのではないでしょうか。とは言っても別のお考えであればそれが宜しいです）と申し入れた。通村の表現は侍臣としての遠慮にみちた上手な言い廻しである。

天皇はもう一つ質問してきて、「添山色・佳色などの義いかが」ということであった。「山色を添える」とか「佳色」というような抽象的な表現をどう詠んだらよいかという質問である。

通村は「山色は、山が春の色を帯びるの意味でしょうか。また、佳（良い）色は字の意味するままでありましょうか。（新春を迎えた）祝儀の義でしょう」と返事を書いた。

これに関する古歌などを少し、あとから文書担当の長橋局《つぼね》（勾当内侍の異称）へ届けた。済継卿の詠二首（佳色・山色の例）と亡父卿（通勝）の歌の用例五首である。「亡父卿詠は証歌のご用には立たないかもしれませんが歌書が今手元にございませんので、とりあえず書付け進上します」と申し入れた。なお、『続五明題集』などを叡覧なさるようにとも申し入れた。『続《しょく》五明《ごめい》題集《だいしゅう》』は室町時代に今川氏親・東素純の編纂した、歌題と歌を集めた本である。勅撰集にある歌題などを集め分類し、題毎に検索して歌の読み方を参照できる参考書である。このような書は「類題集」と呼ばれ、その後多くの同様の書が作られた。こうした書が活用されていたことがわかる。

この元和二年の御会始では「霞添山色」の歌題に決まり、天皇は次のように詠んだ。

花もまだにほはぬ比はかすみより春の色ある四方《よも》の山のは

（訳、花がまだ咲かない時期は、霞から春の色が感じられる四方の山の端《は》よ）

第66節　二月水無瀬法楽

後水尾院時代には禁裏において毎年、二月に水無瀬神宮への法楽和歌（神仏に手向ける和歌）が行われた（第51節参照）。水無瀬神宮は大阪府三島郡島本町にあり、承久の乱で北条氏に敗れ隠岐へ配流され、その地で崩御した後鳥羽上皇と、その子土御門天皇、順徳天皇を祀る。仁治元年（一二四〇）に水無瀬信成・親成親子が、水無瀬の離宮跡に御影堂を建立し、後鳥羽上皇を祀ったことに始まり、明応三年（一四九四）後土御門天皇が隠岐より後鳥羽上皇の神霊を迎え、水無瀬神宮の神号を奉じた。

後鳥羽上皇は『新古今集』の勅撰を命じた方で、自身も和歌の名手であった。

後水尾天皇は、十六歳で即位し、二年後の慶長十八年（一六一三）から毎年、後鳥羽上皇の忌日にあたる二月二十二日に宮中で法楽和歌を行っており、後鳥羽上皇を敬愛していたことが窺われる。寛永六年（一六二九）譲位した後の明正天皇は幼い女帝でもあり、歌会はなかったが、寛永二十年に後光明天皇が即位してからはまた、水無瀬法楽が毎年定期的に行われている。これは、そのあとの後西天皇、霊元天皇の時代にも続けて行われた。

この法楽和歌の作法については、第51節に『後水尾院当時年中行事』の記事を紹介しているので、今回は実際に歌われている和歌の内容を御会集により見てみよう。水無瀬法楽は二十人の作者で一人一首ずつ、計二十首を詠む。

『内裏御会和歌』によると慶長十八年の法楽二十首は春題十首、恋題五首、雑題五首の構成された組題である。兼日題で、題は前もって和歌奉行などにより配分されたものと思われる。天皇は智仁親王、興意法親王のあとの第三首め「松残雪」を詠む。

山里は春来るとしもしら雪の花さく松のながめをばする

（訳、山里では春が来るともわからないで白雪が降り積もり、雪の花が松の上に咲く眺めを見ます）

「しら雪」に「知らない」と「白雪」との掛詞の技巧を用いているが、天皇はまだ若く、下句は少し稚拙な言い回しである。のちに天皇の師匠となる中院通村も参加しており、その歌を見ると、「寄風恋」の題であるが、

今はとて寝ぬべきほどに更くる夜を待ちもよはらぬ松風の声

（訳、今は恋人を待つのを諦め寝ようとする時に更けた夜を、待つことを止めない松風の音がする）

とあり、「松」に「待つ」を掛けて、人間の恋に松風をからめ巧妙に詠む。歌道の家の飛鳥井雅庸（雅章実父）は「眺望」題で、

あはれさはいづれか深き水無瀬山かすむ夕べにかすむ曙

（訳、哀れさはどちらが深いだろうか。水無瀬山の霞む秋の夕べと、霞む春の曙では）

とある。この歌は『新古今集』に載る後鳥羽院の歌、「見渡せば山もと霞む水無瀬河夕べは秋と何思ひけむ」（小学館旧全集本の訳、見わたすと、山の麓がかすんで、そこを水無瀬川が流れている眺めは本当にすばらしい。夕べの眺めは秋がすばらしいと、どうして今まで思ったのであろうか）を念頭においている。後鳥羽院の歌は、あらためて春の夕べの景色を讃えており、『枕草子』に書かれる「春は曙、秋は夕暮れが素晴らしい」という美的観念の固定化を破った新しい歌といわれる。この歌は高校の古典の教科書に載る代表的な一首であるが、意味を取り違える学生が多く、試験問題で「何時の季節を歌っているか」と設問に出すと秋と答える間違いが多かった。一方、飛鳥井雅庸の歌は、「哀れさは秋の夕べと春の曙とどちらが深いか」とこの論争を振り出しに戻す問いかけをしており面白い。

第67節　二月聖廟法楽

後水尾院の時代には、二月に二回の法楽和歌が行われた。前節に記した水無瀬法楽が二十二日に、そのほか、二十五日に聖廟法楽が行われたのである。聖廟は俗に学問の神様といわれる菅原道真を祀る廟のことで、道真は右大臣まで出世しながら、藤原時平の讒言にあって、太宰府に左遷され、その地で没した。『大鏡』には道真の怨念によって内裏が炎上するという説話が記される。二月二十五日は忌日にあたる。本来の廟所は太宰府の天満宮だが、各地に道真を祀る天満宮がある。法楽和歌は宮中で詠まれ、京都の北野天満宮に奉納されたであろう。後の東山天皇時代に奉納された聖廟和歌法楽の短冊が北野天満宮に残されている（『天満さまの美術』）。

『後水尾院当時年中行事』には、二十二日の水無瀬法楽と同様に行うといった内容の短い記述がある。一夜神事といって天皇は前夜行水し潔斎する。兼日題で、前もって歌題の触れがある。詠進歌は短冊に記されて、小高檀紙一枚をたてざまに二つに折って包み、上下のあまりを押し折り、柳箱に入れて、水引で結び、札を付ける。札には「聖廟法楽来たる二十五日」と記し、勾当内侍に届けられる。それを集めておき、天皇が朝の行水、拝礼のあと常御所の西の座に座って小声で読み上げるのである。また、忌日に法楽が行われたばかりでなく、生誕日の六月二十五日にも聖廟法楽が行われた。後水尾院の道真に対する深い尊崇の念が窺われる。

聖廟法楽は慶長十六年（一六一一）の天皇の即位の年から元和元年（一六一五）までは五十題の構成された歌題を約五十人で詠み、元和三年以降は三十人三十題となった。元和二年の中院通村の日記『後十輪院殿御記』から、天皇の歌を添削した記事を紹介したい。

前日の二月二十四日に勅書が来て、「夜花」の題の、天皇の歌三首が記されており、直して進上せよと書いてあった。一首めは、

みる甲斐もあらざらめやは月に猶色そふ花の夜の錦は

（訳、見る甲斐もないのではないか。月の下でさらに色を添える花だが、夜に錦を着るようだ）

この歌は、夜見る桜は昼間見るのと較べて見る甲斐がないと詠む。これを、通村は

みる人のつらからめやは月にしも色そふ花の春のにしきは

（訳、見る人がつらいのではないか。月の下で色を添える花の春の錦は、よく見えないから）

と、「見る人の甲斐がない」を「見る人がつらい」と言葉を和らげた。二首めは、

明けやすき空の契もかなしきや月と花との夜半の下ぶし

（訳、春の夜は明けやすいという空の約束ごとも悲しいなあ。夜に月と花の下で臥す身にとっては）

この歌の上句を通村は、「明けやすき春のならひもわびしきは」（訳、明けやすいという春の習わしが侘しいのは）と直した。

「空の契り」を「春のならひ」に「かなしき」を「わびしき」に直して語調を自然なものとしている。また、三首めの

おのづから静かなる世の心かな夜も戸ざしを花に忘れて

（訳、おのずと平穏な世の心だよ。夜も戸締まりを忘れて花見に出て）

は「この内にては劣ると存じ候」と記して添削もしなかった。前年の元和元年に大阪夏の陣があり、徳川が勝って世の中が安定したことを上句にこめていると思われるが、「夜花」そのものを歌うという題意からは外れるであろう。このときの提出歌については、御会集に掲載がないため確かではないが一首めだろうか。

第68節　花を詠む当座の御会

梅や桜は平安時代中期以降、題詠における題のひとつとして詠まれる。一方で梅・桜の季節には実際に花を見て和歌を作る梅宴・花見宴の会もまた催されたと思われる。後水尾院時代の御会集に寛永中期の梅見会などとして歌が残るものがあり紹介する。四季の素材を組んだ二十首・三十首題の中のひとつとして詠まれる場合とは違って、その時期に即して実感を詠んだ歌らしさが感じられる。

内閣文庫蔵『近代御会和歌集』に寛永十六年（一六三九）とある梅見御会は、『中院通村家集』『日野資勝卿記』などにより、寛永十五年二月七日の仙洞（上皇御所）殿上の梅見御会で梅三十首を詠む当座御会であったことがわかる。初梅・栽梅・雪中梅・雨中梅から梅處々・梅浮水など梅に関わる三十題が当日知らされて、院を含め十七人の親王・公家たちが詠んだ。院は「初梅」を、

吹くもまだあたたかならぬ春風に露待ちあへずにほふ梅が香

（訳、吹くにしてもまだ暖かではない春風に、少しも待ちきれずに匂ふ梅の香よ）

と詠んでいる。また、飛鳥井雅章の養父、雅宣の歌は「紅梅」の題を、

大和にはげにたぐひなき花なれや　からくれなゐの梅の色香は

（訳、日本では本当に他に類を見ない立派な花だなぁ　唐紅の梅の色香は）

と詠んだ。梅が奈良時代に中国から渡来し、梅の香を讃える歌が漢詩文に多く詠まれていること『歌枕歌ことば辞典』から詠まれた歌である。

また、寛永十四年三月二十二日から院の御所で三日間の御遊があり、待花・栽花・尋花から落花・花祝に至る五十題の花題が、銀閣寺の住職鳳林承章や、東福寺の長老勝西堂などの僧侶も加わり、和歌と漢詩で詠まれた。旧暦であり桜の時期として少し早い感もあるが、桜の花見御会であったと想像される。その他、蹴鞠、楊弓、碁、賭物香などの遊興があり、承章の日記『隔蓂記《かくめいき》』に人々は三日三夜の間遊興にふけり眠らなかったと記されている。院の歌は「待花」の歌題を、

いざこゝに千世を待ち見む花の友あかぬ心に春を任せて

（訳、さあ、ここに千年の喜びも待って見よう。花を友として飽きない心に春を任せて）

桜咲く季節の遊興を皆の心にまかせて楽しもうという気持ちがあふれている。

水無瀬氏成の「市花」は、

惜しとおもふ心もしらで市人の花をも道のちりと踏む憂し

（訳、桜が散るのが惜しいと思う私の風雅の心を理解しないで、商人が道に散った花を塵のように踏んでいるのがつらい）

と少し変わった実感の籠った歌を詠む。

また、牡丹を詠む当座御会が寛永十六年（一六三九）三月二十七日に上皇御所で開かれた。「牡丹」の題を十四人が詠み、牡丹の季節に牡丹を観賞する会と思われる。院の歌は、

思へども猶あかざりし花をさへ忘るばかりのふかみ草かな

（訳、思ってもなお飽きず慕う桜の花をさえ、忘れるほどの牡丹の美しさよ）

ふかみ草は牡丹の異名である。当代の名手であった中院通村の歌は、

ふかみ草あかずや今日もくれなゐの花のともしび夜も猶見む

（訳、ふかみ草を飽きることはなく見て今日も夜が暮れてくるが、牡丹の紅の花を灯火として夜もまた見よう）

牡丹の大輪の赤い花を夜の灯火と想像した美しい歌である。

第69節　牡丹の花を詠む

花を詠む当座の御会について前節で述べた。そこで最後にとりあげた牡丹はいつ頃から歌に詠まれたのだろうか。牡丹は古来、桜や梅ほどに歌には詠まれていない。『大和本草』(『古事類苑』)に牡丹について次のように記される。

中華(中国)にては花王と称し、花の富貴なる者とす。中華にては洛陽の牡丹を名産とす。日本には上代はいまだ牡丹なかりしにや。万葉古今には詠ぜず

和歌では十一世紀、平安後期の源経信のころから詠まれ始め、仁平元年(一一五一)に第一次本が完成した勅撰集の『詞花集』春の部には次の歌が収められて、知られている。

「新院(崇徳院)位にをはしましし時牡丹をよませ給ひけるに読みはべりける」(訳、崇徳院が帝位に就いていらっしゃったとき、牡丹を家臣に詠ませられたのに答えて詠みました)として、関白太政大臣(藤原忠通)の次の歌が載る。

咲きしより散り果つるまで見し程に花のもとにて二十日へにけり

(岩波新大系本の訳、咲いた時から散り終わるまで見ていた間に、気がつけば、花のそばで二十日

も立ってしまったのだなあ)

この歌は唐の詩人白楽天の漢詩「牡丹芳《かんばし》」の「花開き花落ちる二十日なり。一城の人皆狂うがごとし」(訳、牡丹の花が開いて散るまで二十日間である。その間、城中の人がみな牡丹を愛し狂わんばかりである)(『大漢和辞典』)による。牡丹の異名をはつか草というのも、これに拠っている。

『詞花集』では春の歌だが、十四世紀の『夫木抄《ふぼくしょう》』(『新編国歌大観』)では夏の花として扱われ、俳句でも夏の季語である。

『大和本草』に「中華にも唐以前牡丹好《よ》き花はなかりしにや、文士の詠作なし。日本にて古代賞翫なきこと、むべなり(もっともである)。古代に牡丹ありとも、今の艶麗なる花は未だあるべからず」。

古い時代には薬としてあったが、花を賞翫するものではなかったという。花は開発されて、次第に美麗な賞翫用となったのである。

日本では近世になって、牡丹が愛され、宝永(一七〇四～一一)のころには『牡丹論議』の本が出て、四十種余の牡丹を紹介する。後水尾院の子で四代あとの天皇となる霊元天皇はことに賞翫したという(『古事類苑』)。

後水尾院が寛永十六年（一六三九）に上皇御所で牡丹を詠む当座歌会を開いたことは、近世に牡丹が愛されたはじめにあたるだろう。

歌題は「牡丹」とあるが、「牡丹」の語をそのまま詠む歌はなく異名の「ふかみ草」と詠む歌が大半である。異名の「はつか草」で詠んだ二首があるので、紹介しておこう。

草の名のはつかにうつる日陰にも紅にほふ露のはなぶさ

（訳、草の名の二十日草のように、はつか（わずか）に日が移ろってゆく日陰にも美しく紅色に咲いて露のかかる牡丹の花房よ）

中院通村の子で二十八歳の通純の歌である。

またむかし院が古今伝受の講義を受けたとき、次室で講義を聴聞した阿野実顕の子の山本勝忠（三十二歳）が次のように詠んだ。

はつか草猶さきあまれ暮れてゆく春の日数ぞ花にすくなき

（訳、はつか草よ、二十日といわずなおも咲き余ってくれ。暮れてゆく春の残りの日数は少ないから）

若い歌人たちの野心的な歌であろう。三月の歌会でもあることで、ここでは春の花として詠まれている。

第70節　七月七夕御会

『万葉集』に「一年《ひととせ》に七日の夜のみ逢ふ人の恋も過ぎねば夜はふけ行くも」（小学館旧全集本の訳、一年に七夕の夜だけ逢う人の恋も晴れないのに夜はふけてゆくことだ）という歌がある。『古事類苑』に拠れば、七月七日を古来七夕という。七夕は古くは「なぬかの夜」と呼び、後には棚《たな》機《ばた》つ女（織女）を省略して「たなばた」というようになった。中国の俗説でこの夜牽牛、織女の二星が逢うので、裁縫の上達を二星に願うと叶うといわれる。宮廷でも乞巧奠《きこうでん》といって庭に机を置き、山海の産物・琴・五色の糸などを供え技芸の上達を願った。これが現代のように笹竹に願い事を書いた短冊を飾る起源となった。

七月七日の夜に宮中で七夕御会が開かれるのは鎌倉時代の元亨三年（一三二三）ころからである。江戸初期にも続いて行われた。

七月七日について『後水尾院当時年中行事』には次のように書く。七日の朝、天皇は牽牛・織女の二星に手向けるため、梶の葉に歌を書いた。七つの硯に新しい筆、七枚の梶の葉を用意し、新作の御歌であれば、同じ歌を七枚にそれぞれ書き、古歌であれば七首の歌を一首ずつ七枚に記したという。七枚の葉は索餅二つを入れて包み、ひもで結んで、女官が屋根の上に投げ上げたという。和歌や書道の上達を願って二星に供える行為だろう。

夜には公家たちの歌会がある。兼題の歌会で、前もって出されている歌題によって歌を作り、一首懐紙で詠進した。ただ、披講はなくて、皆の懐紙をとり重ねてあったという。あわせて管絃の御遊びがあり、堂上人・地下人の楽人が参上して、演奏が行われた。

後水尾天皇時代の七夕の歌題では、織女契久（織女《たなばた》契り久し、慶長十六年〈一六一一〉）、織女雲為衣（織女雲《たなばたのくも》衣となる、慶長十八年）、七夕迎夜（七夕《たなばた》夜迎ふ、慶長十九年）織女惜暁（織女《たなばた》暁を惜しむ、元和七年〈一六二一〉）、天河雲為橋（天の河の雲橋となる、寛永二年〈一六二五〉）といった物語的な作題のほか、乞巧奠《きこうでん》（慶長十七年）とそのものずばりの題や、ただ単語に「七夕」を付加した七夕糸（元和三年）、七夕夜深（七夕《たなばた》夜深《よふ》けぬ、元和五年）、七夕地儀（元和六年）、名所七夕（元和八年）、七夕霧（元和九年）、七夕即事（寛永元年）、七夕硯（寛永三年）などの題が詠まれた（歌題の読み方は『明題部類抄』を参考とした）。

慶長十六年、即位の年の歌題は「織女契り久し」で院の歌は、

あふ夜などすくなかるらん七夕の代々の契りのたえぬものから

（訳、二星が逢う夜はどうして少ないのだろう。七夕の代々の約束ごとは永く絶えないのに）

二星が逢うという約束ごとは永く続いているのに、年にたった一度しか逢えないことの歎きを詠んでいる。

慶長十七年（一六一二）の歌題「乞巧奠」では、院は、

たなばたのたえぬ契りに諸人《もろ》のたむけの数も積もる年々

（訳、七夕の絶えることない約束事に、人々が手向けを行う数も年々に積もってゆくことだ）

二星を祀る人々の立場から詠んでいる。

慶長十八年七月の「織女雲為衣」の題では、院の歌は、

あまの河こよひあふせにたつ雲やほしのかさぬる衣なるらん

（訳、天の河で今宵二星の逢瀬に掛かっている雲は星たちが重ねてまとう衣であろう）

雲を二星の衣とみなす題の意味を上手に表現している。歌題の意味に添った詠み方をすることが、大事とされていた。

なお、寛永二年（一六二五）の歌題「天河雲為橋」のように歌題中「天河」を持つ題は、『明題和歌全集』『類題和歌集』『明題部類抄』に見えず、きわめて新しい画期的な題だったと推測される。院が古今伝受を受けた年であったからだろうか。

第71節　九月観月の歌

江戸時代初期の慶安元年（一六四八）の九月十三夜に後水尾院が詠んだ観月の歌が残っている（『後水尾院御集』）。禁中での観月の宴は陰暦八月十五夜か九月十三夜に行われ、両方が行われることもあった。院は清涼殿のひさしの間にしつらえた御座で酒杯を手に月を眺めた（『後水尾院当時年中行事』）。公家が参上し詩歌管絃の集まりがあることもあった（『日次紀事』）。院はこの時期上皇であったから、上皇御所で月を見たと思われる。この時期、歌会があったことは伝わっていない。

院は作成した歌を、歌の師である中院通村に見せ、通村は各歌について短評を手紙形式に寄せており、珍しい資料である。院の歌は月に関わる十三の歌題を詠んだもので、通村の手紙は次のように書き出される。

仰せのおもむき、うけ給はりぬ。此題、人の見参に入れ候まま、遊ばし候由にて、拝見を許され候、かしこまりいり候。

（訳、ご命令の趣、批評し添削せよを承りました。この題は人がお目にかけたままをお詠みになっ

たということで拝見を許されかしこまりいっております）

歌題は歌会で出題を担当する飛鳥井家などで選ばれたものであろう。九月十三夜にちなんで十三の歌題である。通村の手紙は続く。

さてさて取り取りの金玉ども、中々言葉も及ばぬ御事どもと、有り難く存じ候。

（訳、さてそれぞれ金玉のような歌がならび、却って申しあげる言葉も及ばないことと有り難く存じております）

第一首めは「九月十三夜」の題の歌で、

名にしおふ今夜ひと夜にとばかりも見し長月の影をしぞ思ふ

（訳、有名な九月十三夜の今宵ひと夜の月を味わおうと集中して眺めた光を感慨深く思います）

通村の評は「今宵ひと夜に陰暦九月の名月がかかり、ひとしお名残りを惜しむべきことです」と院の歌を肯定している。

第二首めは「月前星」という題である。

知らず誰星をかざしに月を追ひてここも藐姑射の山をとふらん

（訳、誰であるか知らないが星を髪に飾り、月を追って仙人の住むという藐姑射《はこや》の山〈上皇御所の別名〉の御所を訪ねるだろう）

この歌について通村は「星をかざしの語は古事でしょうか。詳細は知りませんが、歌の言葉が強く、まことに及びがたい風体と申しあげられると存じます」。

第三首めは「月前時雨」の題、月光を妨げる時雨を入れた意地悪な題であるが、院は上手に詠んでいる。

しばしなほくもると見しぞ光なる時雨の雲にもるる月影

（訳、しばらく曇ると見えたが光がさし、時雨の雲に洩れて切れ目からさす月光よ）

この歌について通村は「時雨の雲に洩れてさす月光はひとしおの光輝を添えることでしょう」。

第四首めは「月前荻」で

かかる夜の月に夢見る人は憂しと言はぬばかりの荻の音かな

（訳、このように月のすばらしい夜に、月を見ずに眠って夢を見ている人は情けないと言わぬばかりに、荻は音を立てる）

荻は多くは水辺に自生し、薄のように群落を作り、荻原を吹きわたる風の音が秋の到来を告げると歌われた。通村は「言はぬばかりの荻という詞には、月を惜しむその心が現れて、歌の余情が限りないとも申し上げるべきでしょう」。院の歌をどれも最大に褒めており、通村の批評としては珍しいといえる。

第72節　続き五首、中院通村による批評

前節の続きで慶安元年（一六四八）の九月十三夜に後水尾院が詠んだ観月の歌に、師である中院通村が批評を施した文を見てゆく。十三夜にちなんで十三題が詠まれた。

第五首めは「月前鹿」で

妻恋をなぐさめかねて姥捨《をばすて》の山ならぬ月に鹿や鳴くらん

（訳、妻を恋うて鳴く男鹿の心を姥捨山の月が慰められないので、姨捨山ではない御所の月に鹿が鳴くのだろうか）

これは『古今集』の

我が心なぐさめかねつ更科や姨捨山に照る月を見て

（小学館旧全集本の訳、私の心はついに慰められなかった。更科の姨捨山上に輝く月を見たときはかえって悲しかった）

を本歌取りした歌である。通村の評は「妻恋の心を慰めかねて姨捨山とは別の山に鳴く鹿という設定は、なかなか思い付きにくい良い趣向でございましょう」。

第六首めは「花洛月」（花の都の月）、

春に寄せし心の花の都人もうつろふ秋の月や見るらん

（訳、春には心を花に寄せていた都人も、この時期になると季節が移ろう秋の月の素晴らしさに心を寄せるであろう）

通村の評は「春に寄せし心の花、の初二句には『源氏物語』の詞の面影がありましょう」と、『源氏物語』の影響を指摘している。第七首めは「古寺月」、

古寺の菊も紅葉も折りちらし汲む暁の影ぞ身にしむ

（訳、古寺で菊も紅葉も折り散らして暁に佛に供える閼伽水を汲む人の姿が身にしみて思われる）

通村は「菊も紅葉も折り散らしという部分はここにもまた『源氏物語』の影響がみられ、なかでも雲林院の様子が思い出されます」とする。『源氏物語』「賢木」の巻に「菊の花、濃き薄き紅葉など折り散らかしたるもはかなげなれど」の一節があり、この詞が歌に詠み込まれていると思われる。この巻では源氏が雲林院に参籠しており、歌中の古寺は雲林院を指すのである。『源氏物語』に詳しい通村はそのことを読み取っている。

第八首めからは、歌題が「月に寄せて」というテーマに変わる。いわばより抽象的になる。まず第八首めは「月に寄せて忍ぶ恋」である。「忍ぶ恋」は恋の代表的な歌題のひとつだが、

それを月に関わらせて詠まなければならない。

うちとけて見えんはいかがくまもなき月は心の奥も知るらん

(訳、忍ぶ恋でありながら打ち解けてみえるが、相手はどんな心なのか。隠し事のない純粋な月は相手の心の奥まで見通すだろう)

通村は「月は人の心の奥も知るだろうという、その心と詞を素晴らしいものと拝見しました」と褒めた。隈(隠し事)のないピュアな心の月なので天上から人の心の奥の真実を見抜く。そう歌う心と詞が素晴らしいという。

第九首めは「月に寄せて変わる恋」。「変わる恋」は心変わりする恋のことで、これも恋題の代表的なものだが、月に寄せて詠まなければならない。

もろともにみし夜の月の光まで面変わりする人の秋は憂し

(訳、二人で一緒に見た月光の下でも、心変わりによって、相手が面変わりしてみえる、そういう相手とともに過ごす秋はつらい)

通村は「月光の下でも相手が面変わりしてみえる秋とは、まことに辛いものでございましょう」。面変わりという趣向を褒めた。

第73節　続き四首、中院通村による批評

第71節・第72節に続いて慶安元年（一六四八）院が詠んだ観月の歌と、それについて師の通村が送った批評を読む。十三夜にちなんだ十三題のうち、第十首めは「月に寄せて別るる恋」である。「別るる恋」は恋人との別れを詠む恋題であるが、それを月に寄せて詠むのである。

人もかく送らましかば帰るさの月は身にそふ今朝の別れを

（訳、あなたも空の月のように一緒に送ってくれればよいのに。家に帰る途中、月は私の身に添って送ってくれる。今朝のこの別れを）

当時は男性が女性の家を訪れて、一夜を過ごし、朝別れて帰るのだから、女性が送ることなどはできないのであるが、女性との別れがたさを、空の月は私に付き添って送ってくれるのにと恨み顔に歌ったのである。

通村の批評は、「あなたも月のように送ってくれればよいのにと、耐えがたく辛く思う別れの様子がよく表れています」。

第十一首めは「月に寄せる述懐」である。

世をなげく涙がちなる袂には曇るばかりの月もかなしき

（訳、世の中を歎いて涙がちな私の濡れた袖の袂には、曇るばかりの月も我が心と同じに思われて悲しい）

通村の詞は「歌の心は当然のこととして、詞続きに未熟さがなく、心にまかせて言い下すとはこういうことであろうと推量いたします」。帝王として民の苦しみに思いを馳せ、涙がちで濡れる袖の袂には、月までも我が心と同じに曇りがちなのが悲しいのであろう。その一気な詠みぶりが素晴らしいというのである。

第十二首めは「月に寄せる旅泊」であり、

漕ぎいでば明日の浪路も言問へよ今宵の月はみつの泊まりを

（訳、この港を漕ぎ出したら明日の浪路はどこなのか尋ねなさい。今宵の月は満月で御津の泊まりで見るであろう）

「みつ」は摂津国の地名「御津」に「満つ」と「見る」を掛けていると思われる。摂津国の「御津」は、『古今集』の「我を君難波の浦にありしかばうきめをみつの海人となりにき」（片桐洋一訳、私のことをあなたは何とも思わないので、そして私は難波の浦にいたので、あの浮き藻を見る海人《あま》ではないが、憂き目を見て、三津寺の尼になってしまいました）などと詠まれた（『歌枕歌ことば辞典』)。通村の評は「明日の浪路についても尋ねよと歌い、今宵の月は満ちて御津の泊まりで見るというのは妖艶な表現でしょう」と褒める。「妖艶」とは定家の『近代秀歌』に記述があり、紀貫之と異なる様式のことという。本説による物語的構想のある歌や、縹緲としたあやしいほど雰囲気のある歌で、極めて巧緻な着想・表現をいうと『和歌文学大辞典』は記す。

第十三首めは「月に寄せる祝言」である。最後に祝いの歌を入れるのである。

満ちぬべき月に思ふも行く末を待つこそつきぬ楽しみにして

(訳、やがて満月になりゆく月に思うのは、思い事もその行く末を待つ事が尽きぬ楽しみだろうと)

通村の評は「まだ満ちていない月に、行く末には月が満ちる尽きぬ楽しみがあるという表現は、返す返す言葉の種も尽きないことと空を仰いで感嘆しております」。

院は九月十三夜に月を詠み、できた歌を使者に託してすぐに通村に使わし批評を望んだものと思われる。返事を持ち帰るように使者が待っていた。この歌評の手紙全体が破り捨てられることなく院の歌とともに『後水尾院御集』に収録されている。歌評は讃嘆ばかりだが、通村は五年後に逝去するのであり、この時、五十三歳の院は和歌の巧者に成長していたと考えられる。

第74節　九月重陽の歌

後水尾天皇の宮中では一月末の御会始、七月の七夕、九月の重陽《ちょうよう》まで年中行事としての御会が行われた。寛永六年（一六二九）からは八月の観月御会もあった。

重陽は、陰暦九月九日のこと。九は陽の数で、九が重なるから重陽という。中国では、この日、高い岡などに登り、茱萸《しゅゆ》の実を頭にさしはさむと邪気を払うとされた。日本では奈良時代から宮中で観菊の宴が催された。

『後水尾院当時年中行事』には「九日。毎事三月五月などの節句に同じ。（略）三献めの銚子に菊の花をきざみ入る。今日も一首の懐紙各詠進す。七夕に同じ。重陽の宴の心なり。（略）今日も講ぜらるるまではなし」とある。三月三日、五月五日の節句と同じに酒盃が在り重陽では菊花を混ぜた。七夕と同じに公家達は一首の懐紙を詠進するが披講はなかった。

天皇が即位した慶長十六年（一六一一）以降の重陽の歌題は「籬《まがき》の菊、新たに綻《ほころ》ぶ」、同十七年は「月、菊花を照らす」、同十八年は「菊に対して秋を契る（約束する）」、同十九年は「菊、齢《よわい》を延ぶ」、元和元年（一六一五）から元和四年にかけては大阪夏の陣の動乱、徳川家康の薨去、天皇の父後陽成院崩御などあり、重陽御会は行われなかった。元和五年の歌題は「菊の花久しく芳《かんば》し」、同六年は「菊の香り風に随う」、同七年「菊の花庭に満つ」、同八年「菊多秋《たしゅう》を送る」、同九年は六年と同じ題。寛永元年「籬《まがき》の菊雪のごとし」、同二年「菊の花半ば開く」、同三年は徳川秀忠・家光父子の入洛のためか開催されず、寛永四年は「菊の粧《よそおい》錦のごとし」、寛永五年も開催なく、寛永六年は「露の光、菊に宿る」で十一月に後水尾天皇は譲位した（歌題の読み方は『明題部類抄』に従ったが、ないものは適宜読んだ）。

即位後初めて詠まれた「籬菊新綻」の歌は

咲そめて籬の露も置く霜も今日は色そふ白菊の花

（訳、籬の白菊の花が咲き始めて露も霜も今日は色を添えている）

また、慶長十九年の「菊延齢」の歌は

いざさらば汲みて千年《ちとせ》の秋も経んよはひ延ぶてふ菊の下水

（訳、さあ、それならば菊の下を流れる水を汲んで千年の秋も過ごそう。菊の下水は寿命を延ばすというから）

これも中国の故事によるもので、河南省を流れる川の水を飲むと、崖上にある菊の露がしたたり落ちているため、長生きするという。

これらの歌は『後水尾院御集』には収載されておらず、それはまだ稚拙であると院が判断したためではないか（自撰の場合。鈴木健一氏は自撰説をとる）。

元和五年（一六一九）「菊花久芳」は

百草のはなは跡なき霜のそこに我はがほにもにほふ白菊

（訳、多くの種類の花が霜のために枯れてしまう中に「我は顔」つまり得意顔に匂っている白菊よ）

と年間の花の観賞時期では、菊が最後の花になるということに触れた歌である。

寛永二年（一六二五）末に、院は叔父の智仁親王から古今伝受を受けるが、この年の重陽では「菊花半開」という難しい題が詠まれた。

またぞ見む片枝は遅き白菊も咲きしばかりの秋の日数に

（訳、菊の半分をそのうちに見るであろうよ。片枝の花の開き方が遅い白菊も、咲き始めたばかりなので、これから過ぎる秋の日数の間には残り半分が開くだろう）

退位する寛永六年は題「露光宿菊」、

飽かず見む千世の数にも咲く菊の籬にあまる露の白玉

（訳、飽きることなく見よう。数多く咲く菊の花に宿る、垣に溢れるばかりの露の真珠よ）

難しい題を美しく詠んだ。

典拠資料・参考文献一覧（書名五十音順）

一、辞典類

『歌枕歌ことば辞典』増訂版…片桐洋一著、笠間書院一九九九年。
『公卿補任』…『新訂増補国史大系』吉川弘文館一九七四年。
『広辞苑』第五版…岩波書店一九九八年。
『国史大辞典』…吉川弘文館一九七九～一九九六年。
『国書人名辞典』…市古貞次ほか編、岩波書店一九九三～一九九九年。
『国書総目録』…岩波書店一九六三～一九七六年。
『古事類苑』…神宮司庁編、吉川弘文館一九〇八～一九三〇年。
『後水尾天皇実録』…ゆまに書房二〇〇五年。
『諸家伝』…正宗敦夫編纂校訂、自治日報社一九六八年。
『新訂寛政重修諸家譜』…続群書類従完成会一九六四年。
『新編国歌大観』…角川書店一九八三～一九九二年。
『全訳読解古語辞典』第二版…鈴木一雄ほか編、三省堂二〇〇一年。

『続史愚抄』…柳原紀光著、『続国史大系』経済雑誌社一九〇二年。

『大漢和辞典』修訂第二版…大修館書店二〇〇一年。

『徳川実紀』二篇～四篇…『新訂増補国史大系』吉川弘文館一九三〇年第一版発行。

『日本国語大辞典』第二版…小学館二〇〇〇～二〇〇二年。

『日本史総覧』…新人物往来社一九八三～一九八六年。

『日本人名大辞典』…講談社二〇〇一年。

『和歌文学大辞典』…古典ライブラリー二〇一四年。

二、典拠資料

『葵花集《あおいのはな》』…細川行孝編、九州大学細川文庫蔵写本、高梨素子著『古今伝受の周辺』（おうふう二〇一六年）に翻刻。

『排蘆小船《あしわけおぶね》』…本居宣長著、新編日本古典文学全集八二『近世随想集』小学館二〇〇〇年。

『飛鳥井雅章集《あすかいまさあき》』…島原泰雄編、古典文庫五五二・五七二、一九九二・一九九四年。

『安楽庵策伝ノート』…鈴木棠三著、東京堂出版一九七三年。

『伊勢物語』…福井貞助校注・訳、新編日本古典文学全集一二、小学館一九九四年。

『伊勢物語聞書』…岩倉具起著、宮内庁書陵部蔵写本（函架番号二六六・一三五）、『研究と資料』七七〜八〇輯に高梨素子が翻刻、二〇一七〜二〇一八年。同八一輯に「明暦二年勢語講釈の特徴」を掲載。二〇一九年。

『詠歌大概』…藤原定家著、藤平春男校注・訳、新編日本古典文学全集八七『歌論集』小学館二〇〇二年。

『大鏡』…橘健二・加藤静子校注・訳、新編日本古典文学全集三四、小学館一九九六年。

『隔蓂記《かくめいき》』…鳳林承章著、鹿苑寺一九五八年。

『仮名題句題和歌抄—付、仙洞三十六歌撰—』…吉田榮司編、古典文庫五九四、一九九六年。

『烏丸亜相口伝』…『烏丸資慶卿和歌式目二十五ヶ条』と合冊。埼玉大学図書館蔵写本（請求記号九一一・一・Ｋａ）。高梨素子著『古今伝受の周辺』（おうふう二〇一六年）に翻刻。

『日本歌学大系』六所収の『資慶卿口伝』とほぼ同内容。

『烏丸資慶家集』上下…高梨素子編、古典文庫五三六・五四一、一九九一年。

『烏丸資慶卿《からすまるすけよし》和歌式目二十五ヶ条』…埼玉大学図書館蔵写本、高梨素子著『古今伝受の周辺』（おうふう二〇一六年）に翻刻。

『観阿居士独吟集』…松田以范著、神宮文庫蔵写本（函架番号三・一一二八）。

『寛永三寅九月二条御所行幸記』…国立国会図書館蔵写本（函架番号特一・二〇三四）。

『狂歌大観』…狂歌大観刊行会編、明治書院一九八三年。

『近世歌文集』上…松野陽一・上野洋三校注、新日本古典文学大系六七、岩波書店一九九六年。

『近世宮廷の和歌訓練』…上野洋三著、臨川書店一九九九年。

『近代御会歌林』…東京大学史料編纂所蔵写本（函架番号押・き三六）。

『近代御会和歌』…内閣文庫蔵二十五冊写本（函架番号二〇一・九七）。

『近代御会和歌集』…内閣文庫蔵三十冊写本（函架番号二〇一・九八）。

『禁中御会和歌』…宮内庁書陵部蔵写本（函架番号一五五・二六二）。

『群玉集』上・下…松田以范著、神宮文庫蔵写本（函架番号三・一一五一）。

『渓雲問答』…中院通茂著、日本歌学大系六、風間書房一九七三年。

『源氏物語』一～六…阿部秋生ほか校注・訳、日本古典文学全集一二～一七、小学館一九七〇～一九七六年。

『公宴続歌《こうえんつぎうた》』…公宴続歌研究会編、井上宗雄監修、和泉書院二〇〇〇年。

『黄葉集』…烏丸光広著、橘りつ編『烏丸光広集』古典文庫五七三、一九九四年。

『古今切紙集』…宮内庁書陵部蔵、古今切紙の影印・翻刻。京都大学文学部国語学国文学研究室編、臨川書店一九八三年。

『古今集御聞書』…後西院著、宮内庁書陵部東山御文庫蔵写本（函架番号勅封六二、一一、一、一、五、一～一二）。高梨素子編『後水尾院講釈聞書』（笠間書院二〇〇九年）に翻刻。

『古今集御講尺聞書』…飛鳥井雅章著、国立国会図書館蔵写本（函架番号ＷＡ一八・一〇）。

『古今集聞書』…道晃法親王著、宮内庁書陵部東山御文庫蔵写本（函架番号勅封六二、九、一、二、一～三）、高梨素子編『後水尾院講釈聞書』（笠間書院二〇〇九年）に翻刻。

『古今集講義陪聴御日記』…道晃法親王著、宮内庁書陵部東山御文庫蔵写本（函架番号勅封六二、一一、一、一、一二）、高梨素子編『後水尾院講釈聞書』（笠間書院二〇〇九年）に翻刻。

『古今集両度聞書』…宗祇著、片桐洋一著『中世古今集注釈書解題』三、赤尾照文堂一九七一年。

『古今伝受御日記』…後西院著、宮内庁書陵部東山御文庫蔵写本（函架番号勅封六二、一一、一、一、一）、高梨素子編『後水尾院講釈聞書』（笠間書院二〇〇九年）に翻刻。

『古今伝受日記』…中院通茂著、京都大学図書館中院文庫蔵写本（函架番号中院・Ⅵ・五九）。

『古今伝受の周辺』…高梨素子著、おうふう二〇一六年。

『古今和歌集』…小沢正夫校注・訳、日本古典文学全集七、小学館一九七一年。

『古今《ここん》夷曲集』…近世文学書誌研究会編（影印）、勉誠社一九七七年。

『後十輪院《ごじゅうりんいん》殿御記』…中院通村著、東大史料編纂所蔵写三冊（函架番号六・貴・八）。

「後鳥羽院四百年忌和歌の催行」…高梨素子論文、『国文学研究』一八七集、二〇一九年三月。

寛永九年隠岐奉納和歌、寛永十五年水無瀬神宮奉納百首を翻刻。

『後水尾院』…熊倉功夫著、朝日新聞社一九八二年。

『後水尾院御集』…後水尾院著・鈴木健一著、和歌文学大系六八、明治書院二〇〇三年。

『後水尾院講釈聞書』…高梨素子編、笠間書院二〇〇九年。

『後水尾院古今集御抄』…道晃法親王著、烏丸光栄奥書、今治市河野信一記念文化館蔵写二冊（函架番号一一〇・七二四）。

『後水尾院初期歌壇の歌人の研究』…高梨素子著、おうふう二〇一〇年。

『後水尾院当時年中行事』…後水尾院著、丹鶴叢書、国書刊行会一九一四年。

『古来風体抄』…藤原俊成著、藤平春男校注・訳、新編日本古典文学全集八七『歌論集』小学館二〇〇二年。

『三条西実条詠草写』…三条西実条著、東京大学史料編纂所蔵写本（函架番号貴一一・九）、高

梨素子著『後水尾院初期歌壇の歌人の研究』（おうふう二〇一〇年）に翻刻。

『金葉和歌集　詞花和歌集』…工藤重矩ほか校注、新日本古典文学大系九、岩波書店一九八九年。

『耳底記《にじていき》』…細川幽斎述・烏丸光広記、日本歌学大系六、風間書房一九七三年。

『拾遺和歌集』…小町谷照彦訳注、新日本古典文学大系七、岩波書店一九九〇年。

『衆妙集』…細川幽斎著、土田将雄編、古典文庫二七〇、一九六九年。

『秀葉集』…烏丸資慶著、高梨素子編『烏丸資慶家集』古典文庫五三六・五四一、一九九一年。

『修学《しゆがく》八景』…国立国会図書館蔵寛文九年絵入版本（函架番号亥七一）。

『承応二年褒貶和歌』…名古屋大学皇学館文庫蔵写本（函架番号九一一、一五七H）。

『瀟湘八景』…堀川貴司著、臨川書店二〇〇二年。

『新旧狂歌俳諧聞書』…野間光辰監修『初期狂歌集』（影印）、近世文芸叢刊七、般庵野間光辰先生華甲記念会一九七〇年。

『新古今和歌集』…峯村文人校注・訳、日本古典文学全集二六、小学館一九七四年。

『資慶卿口授《くじゆ》』…烏丸資慶述・岡西惟中記、日本歌学大系六、風間書房一九七三年。

「資慶卿口授・光雄卿口授の筆録者について」…樋口芳麻呂論文、『和歌文学研究』一九六二年四月。

『資慶卿消息』…日本歌学大系六、風間書房一九七三年。

『醒睡笑』…安楽庵策伝著・宮尾與男訳注、学術文庫二三一七、講談社二〇一四年。

『聖廟御法楽和歌』…宮内庁書陵部蔵写本（函架番号五〇一・二三七）。

『仙洞和歌御会』…国立歴史民俗博物館蔵写本（函架番号H六〇〇―八）、国文学研究資料館に複写写真あり、古相正美論文「近世御会和歌年表」（『中村学園研究紀要』第二七号、一九九五年三月）では『仙洞御会和歌』と書名を表記する。

『増補和歌明題部類』上・下…尾崎雅嘉編、早稲田大学図書館蔵、寛政五年版本（函架番号へ四・七二二）。

『続《ぞく》耳底《にじ》記』…烏丸資慶述・細川行孝記、『近世歌学集成』上、明治書院一九九七年。

『尊師聞書』…飛鳥井雅章述・心月亭孝賀記、『近世歌学集成』上、明治書院一九九七年。

『内裏御会和歌』…宮内庁書陵部蔵写本（函架番号一五二・三八）。

『中世古今集注釈書解題』三…片桐洋一編、赤尾照文堂一九七一年。

『伝心抄』…伝心抄研究会編、古今集古注釈書集成、笠間書院一九九六年。

『天満さまの美術』…国立博物館編集カタログ、ＮＨＫ二〇〇一年。

『時慶《ときよし》卿記』…西洞院時慶著、内閣文庫蔵写本（函架番号一五九・二一一）。

『具起《ともおき》卿詠藻』…岩倉具起著、国立歴史民俗博物館蔵写本（函架番号ふ一一四）。

『中院通村詠草』…高梨素子編、古典文庫六六五、二〇〇二年。

『中院通村家集』…高梨素子編、古典文庫六四二・六四三、二〇〇〇年。

『日本歌学大系』六…佐佐木信綱編、風間書房一九七三年。

『日次《ひなみ》紀事』…大阪女子大学近世文学研究会編、前田書店一九八二年。

『日野資勝卿記』…日野資勝著、内閣文庫蔵写本（函架番号一六三・一〇一）。

『卜養《ぼくよう》狂歌集』…半井《なからい》卜養著、『狂歌大観』明治書院一九八三年。

『堀川百首題狂歌集』…野間光辰監修『初期狂歌集』（影印）近世文芸叢刊七、般庵野間光辰先生華甲記念会一九七〇年。

「雅章《まさあき》筆栄花物語について」…吉田幸一論文、『日本文学研究』誠和書院一九五一年一月。

『万治御点校本と索引』…上野洋三編、和泉書院索引叢書四五、和泉書院二〇〇〇年。

『万葉集』…小嶋憲之ほか校注・訳、日本古典文学全集二～五、小学館一九七一～一九七五年。

『光雄卿口授《くじゅ》』…烏丸光雄述・岡西惟中記、日本歌学大系六、風間書房一九七三年。
『無名抄』…鴨長明著、簗瀬一雄編『無名抄全講』加藤中道館一九八〇年。
『明題部類抄』…宗政五十緒ほか編、新典社一九九〇年。
『明題和歌全集』…三村晃功編、福武書店一九七六年。
『義正《よしまさ》聞書』…冷泉為村述・宮部義正記、『近世歌学集成』中、明治書院一九九七年。
『涼源院殿御記《りょうげんいん》』…日野資勝著、内閣文庫蔵写本（函架番号二六三・八八）。
『類題和歌集』…後水尾院撰・日下幸男編、和泉書院二〇一〇年。
『麓木鈔《ろくぼくしょう》』…後水尾院述・霊元院記、『近世歌学集成』上、明治書院一九九七年。

おわりに

本書に収めた文章は、短歌結社「覇王樹社」の雑誌『覇王樹』に月ごとに連載されたものである。平成二十六年（二〇一四）十一月号から令和二年（二〇二〇）十二月号の六年間にわたった。

筆者は、教職のかたわら、研究を続けて平成元年頃から約三十年間後水尾院時代の和歌に関わってきた。また覇王樹の佐田毅元代表とは私の講師としての勤務先で知り合い、入会をお誘い頂き、平成十一年ころから歌を作るようになった。平成三十年暮、元代表の逝去後は雑誌の編集に携わっている。

『覇王樹』は、大正八年（一九一九）に創刊された雑誌であるが、国文学などの研究に関わる文章を載せることが伝統であったので、佐田公子現代表の『古今集』研究の後を継いで、筆者も書かせて頂けることになったのである。

後水尾院の名前がそれほど有名ではないので、覇王樹に関わる多くの方に知ってもらいたいと思い、また四百年しか離れていない時代の朝廷でのさまざまな歌の行事、歌われた歌について知って頂きたいと思った。とくに英明な院が歌の道を切り開いていったこと、古今伝受を二度も行って伝統を伝えようとしたこと、そのために公家達を修練したことは素晴らしいことと思い、書きたかったのである。そこでは当時の宮廷でどのような歌が詠まれたのかを紹介することを主題とした。なお、当時の資料は仮名に濁点を付けていないが、読者の判読の便をはかるために私に濁点を付した。また索引は旧仮名ではなく現代仮名で収録している。

約六年間書き続けたことで一応、天皇の和歌での業績をたどることができたと思う。院の歌の師であった烏丸光広、三条西実条、中院通村について語り、また和歌の継承者たちについて記したと思う。ただ、院の連歌、聯句などには力が及ばず、そのほか書き足りなかったことも多いと思うが、この時代の和歌について多くをおわかりになって頂けたであろうか。

本書では狂歌も紹介しているが、後水尾院自身は正統和歌の継承者として、狂歌を詠まなかった。それでも狂歌に触れたのは、時代の流れが狂歌に向かっていたのを、院の和歌への姿勢が正統和歌へと引き留めたのではないかという思いがあるからである。

宮廷での和歌行事を中心に書いているので、贈答歌などはあまり触れられなかった。『源氏物語』などにあるような恋の贈答などは、資料が得られなかったこともある。生活の中で歌が消息を伝える道具として生きているのか、充分紹介できなかったかもしれない。ただ、院が菊とともに道晃法親王に贈った歌や、江戸において烏丸光広が三条西実条に贈った贈答歌などのいくつかについては載せている。各歌人の家集にはいくらか残されており、歌は互いの消息や気持ちを伝える手段として有効に歌われていたと思われる。

後水尾院は八十五歳まで長命で和歌に励まれた。徳川幕府と共に平和な時代を築き、多くの文化的な発信を行った。譲位後に立花に励み、池坊専好のパトロンであったことを『後水尾院御集』著者の鈴木健一氏が解説に触れている。また銀閣寺の住職鳳林承章の日記『隔蓂記』には寛永十二年（一六三五）から寛文八年（一六六八）の間に、踊り、歌謡、狂言、幸若舞などの多くの芸能が後水尾院の仙洞御所で行われたことが記録されている。後水尾院という名前に耳目を開き、江戸時代初期の歌や文化に関心をもっていただきたいものと願う。

また筆者は埼玉大学の武井和人名誉教授が主宰する研究雑誌『研究と資料』に多くの論文を発表しており、出身は早稲田大学だが、縁あって博士号を埼玉大学で取得している。新典社をご紹介下さったのは武井先生であり、後水尾院とその時代の和歌について多くの人に読んで頂ける機会を得たことを感謝申し上げる。

最後に新典社編集部の田代幸子さんにはお世話になった。表紙の『寛永行幸記』刊本の図は、寛永三年に天皇が秀忠・家光の二条城に行幸された行列を描いた図で、田代さんのお勧めであった。二条城行幸は朝廷と徳川家が手を結んだ象徴的な出来事であり、江戸三百年の太平を築く基礎ともなった出来事といってよい。戦争のない平和な時代でなければ、歌も文化も発展しない。『後水尾院時代の和歌』という本書のタイトルにぴったりのものであった。また、個人的なことでは、原稿編集期間に私の家族が病気となり、ご心配とご迷惑をお懸けしたが恢復した。ご配慮いただいたことを御礼申し上げる。なお、表紙と、背表紙の上部に「覇王樹（サボテン）」の花を咲かせて頂いたお心遣いに感謝いたします。

令和三年七月一日

索　引

凡　例

1、現代仮名遣いでの五十音による。
2、本書に登場する人名・書名・事項の索引である。
3、該当箇所はページ数ではなく、節番号で示している。
4、後水尾院は本書全体にわたるため除外した。
5、本文中の表記が異なるときも索引においては同一項目として扱う場合がある。

あ　行

か　行

さ 行

た　行

な　行

は　行

ま 行

や 行

ら 行

わ 行

高梨　素子（たかなし　もとこ）
1944年11月　疎開先の埼玉県久喜市に生まれる
1972年3月　早稲田大学文学部文芸専攻科卒業
1983年3月　早稲田大学大学院日本文学専攻科博士課程修了
専攻（学位）　日本文学中世和歌・近世和歌／博士（学術）於埼玉大学
職名　元いわき明星大学非常勤講師
主著『近世堂上和歌論集』の内「烏丸家の人々―光広を中心に―」
（分担執筆，1989年，明治書院）
『烏丸資慶家集　上下』（1991年，古典文庫）
『中院通村家集　上下』（2000年，古典文庫）
『後水尾院講釈聞書』（2009年，笠間書院）
『後水尾院初期歌壇の歌人の研究』（2010年，おうふう）
『松永貞徳と烏丸光広』
（コレクション日本歌人選032，2012年，笠間書院）
『古今伝受の周辺』（2016年，おうふう）

後水尾院時代《ごみずのおいんじだい》の和歌《わか》　新典社選書 104

2021 年 10 月 20 日　初刷発行

著　者　高 梨　素 子
発行者　岡 元　学 実

発行所　株式会社　新 典 社

〒101－0051　東京都千代田区神田神保町1－44－11
営業部　03－3233－8051　編集部　03－3233－8052
ＦＡＸ　03－3233－8053　振　替　00170－0－26932

印刷所 惠友印刷㈱　製本所 牧製本印刷㈱

ISBN 978-4-7879-6854-8 C1395
https://shintensha.co.jp/　E-Mail:info@shintensha.co.jp

新典社選書

B6判・並製本・カバー装　　＊10％税込総額表示

- ⑭日本近代文学はアジアをどう描いたか　野村幸一郎　一九八〇円
- ⑮神に仕える皇女たち　――斎王への誘い――　原　槇子　一七六〇円
- ⑯三島由紀夫『豊饒の海』VS野間宏『青年の環』　――戦後文学と全体小説　井上隆史　一五四〇円
- ⑰明治、このフシギな時代　矢内賢二　一六五〇円
- ⑱三島由紀夫の源流　岡山典弘　一九八〇円
- ⑲ゴジラ傳《でん》　――怪獣ゴジラの文藝学――　志水義夫　一八七〇円
- ⑳説話の中の僧たち　京都仏教説話研究会　二六四〇円
- ㉑古典の叡智　――老いを愉しむ　小野恭靖　一八七〇円
- ㉒『源氏物語』の特殊表現　吉海直人　二四二〇円
- ㉓これならわかる復文の要領　――漢文学習の裏技――　古田島洋介　二六四〇円
- ㉔明治、このフシギな時代　2　矢内賢二　一一〇〇円
- ㉕源氏物語とシェイクスピア　――文学の批評と研究と――　廣田　收・勝山貴之　一八七〇円
- ㉖下級貴族たちの王朝時代　『新猿楽記』に見るさまざまな生き方　繁田信一　一六五〇円
- ㉗新版 宮崎駿の地平　ナウシカからもののけ姫へ　野村幸一郎　一六五〇円
- ㉘宮崎駿が描いた少女たち　野村幸一郎　一八七〇円
- ㉙向田邦子文学論　向田邦子研究会　三八五〇円
- ㉚歌舞伎を知れば日本がわかる　田口章子　一七六〇円
- ㉛明治、このフシギな時代　3　矢内賢二　一五四〇円
- ㉜ゆく河の水に流れて　――人と水が織りなす物語――　山岡敬和　二三一〇円
- ㉝『源氏物語』忘れ得ぬ初恋と懸隔の恋　――朝顔の姫君と夕顔の女君――　小澤洋子　一八七〇円
- ㉞文体再見　半沢幹一　二二〇〇円
- ㉟続・能のうた　――能楽師が読み解く遊楽の物語――　鈴木啓吾　二九七〇円
- ㊱入門　平安文学の読み方　保科　恵　一六五〇円
- ㊲百人一首を読み直す2　――言語遊戯に注目して――　吉海直人　二九一五円
- ㊳戦場を発見した作家たち　――石川達三から林芙美子へ　蒲　豊彦　二五八五円
- ㊴『建礼門院右京大夫集』の発信と影響　日記文学会中世分科会　二五三〇円
- ㊵鳳朗と一茶、その時代　――近世後期俳諧と地域文化――　金田房子・玉城　司　三〇八〇円
- ㊶賀茂保憲女　紫式部の先達　天野紀代子　一二一〇円
- ㊷「宇治」豊饒の文学風土　――成立と展開に迫る決定七稿――　日本文学風土学会　一八四八円
- ㊸とびらをあける中国文学　――日本文化の展望台　高芝・遠藤・山崎・田中・馬場　二五三〇円
- ㊹後水尾院時代の和歌　高梨素子　二〇九〇円
- ㊺鎌倉武士の和歌　――雅のシルエットと鮮烈な魂――　菊池威雄　二四二〇円